「あっ、あっ、あ……。翼、王、さま、お願い、もう……」

（本文より抜粋）

DARIA BUNKO

翼王の深愛 -楽園でまた君と-

水樹ミア

ILLUSTRATION 高星麻子

ILLUSTRATION
高星麻子

CONTENTS

翼王の深愛 -楽園でまた君と-

空気が重い。

十数人が顔を合わせる石造りの部屋は日中でも暗く、空気も淀んでいる気がする。

「さて。では最後に、生け贄《いけにえ》の儀式について」

とうとう来たとイシュカは思った。息苦しさと緊張とを覚えながらずっとこの時を待っていた。そっと胸に手を当てる。衣服の下に、硬い感触があるのを確認する。

（父上、見守っていて下さい）

「決まり通り、即位の儀式の最後に……」

「待て」

ひと呼吸を置いて放った制止の声は震えずに済んだ。部屋にいる全員の視線が一斉に玉座を向く。自分には少し大きい玉座の上でイシュカは拳《こぶし》を握《にぎ》り締め、震えが面《おもて》に出ないように努《つと》める。

「翼王陛下、何か？」

進行役の声には苛立《いらだ》ちが含まれている。イシュカはこっそり唾《つば》を飲み込んだ。言うべき言葉を頭の中で確認してから唇《くちびる》を開く。

「生け贄の儀式は、行わない」

今にも爆《は》ぜそうな鼓動を宥《なだ》めるように一音一音を確かめながら告げると、場はしんと静まり返った。

「陛下、何と仰《おっしゃ》いました?」

時を置かず、唸《うな》るような問いかけが石壁に反響する。声の主はイシュカの左隣に座っているが、顔を見ずとも機嫌が悪いのは明らかだった。

(気にするな、落ち着け)

予想通りの反応じゃないかと自分に言い聞かせながら、座したまま眉根《まゆね》を寄せて険《けわ》しい表情を作り、円卓に着いた全員をゆっくりと見回した。イシュカはこの場の誰よりも高い身分にあるが、味方はいない。

列席しているのはイシュカよりもずっと年上の経験豊富な大臣達だ。対してイシュカは成人して間もない若輩のうえ、よく繊細と言われてしまう容貌《ようぼう》をしている。少女人形のような優しげな空色の瞳で睥睨したところで大した効果は得られないだろう。それでも、これだけは成し遂げなければという強い気持ちで、イシュカは答えた。

「私の即位に際して生け贄の儀式を行わないと言った。いや、今回だけではなく我らは二度と地上人達に生け贄を要求しない」

前翼王であるイシュカの父がこの世を去り、一年。喪《も》が明けてイシュカが翼王に即位して初めての御前会議だ。議題は新翼王の即位関連行事の詳細について。会議と銘を打っているが、ほとんど予定の確認作業のようなものだった。最後の一つにイシュカが意見を述べるまでは。

そしてその議題こそ、イシュカがこの一年待ち構えていたものだった。

五年間続く即位の関連儀式の最後に、翼王は地上界から迎え入れた生け贄の命を楽園にいるという神々に捧げることになっている。

円卓にはイシュカの他、十人の大臣達が座している。その中で先ほど声を上げた中年の大臣の表情が怒りに染まった。イシュカの左隣で鷹《たか》のような目を吊り上げ、円卓を叩《たた》く。

「何ということを！　二千年は続く伝統ですぞ！」

「それが原因だ」

イシュカは震えないように気を付けながら玉座から立ち上がり、一つ息を吐いて、背中に意識を向ける。背中で折り畳まれていた翼が羽音を立てて広がった。純白の翼は、薄明かりの中でも眩《まばゆ》いくらいだ。

円卓に並ぶ大臣達の視線がイシュカの翼に吸い寄せられた。覚悟して見せたが、やはり緊張する。

大臣達の背にも色とりどりの翼が備わっている。空を飛べる翼こそ、地上で生きるしかない地上人と、有翼人とも呼ばれる天上人とを区別する。

「遥《はる》か昔には血肉を求める種族が我ら天上人のうちにも存在した。今は神に捧げるためと言われている生け贄の儀式も、本来は彼らの残虐性《ざんぎゃくせい》を宥めるために始まったものだ」

イシュカは天上人の歴史を語る。それについては誰も否やを唱えなかった。

「だが、時代とともにそのような種族は消えた。地上界に妖獣がいた以前は生け贄の対価に力を貸し与えたこともあったが、地上界の妖獣は五百年ほど前に絶滅した。生け贄の儀式は天上界にとっても地上界にとっても形骸化《けいがいか》し、国王即位や一部の祝祭での添え物の役割しかない。伝統だから、という以外の何の意味もない」

何度も頭の中で練習してきた内容を口にするうちに、イシュカは少しずつ落ち着いてきた。

滔々《とうとう》と語るイシュカの言葉よりも翼の大きさに、居並ぶ大臣達は苦い顔をしている。イシュカの翼は華奢《きゃしゃ》な体躯に似つかわしくないほど大きい。

天上人は鳥の翼を持ち、風を操る超常の力を有している。その力の大きさは翼の大きさに比例する。イシュカが翼を広げれば、翼王に相応しい実力があると知らしめられる。彼らはイシュカを翼王として認めたくないのに。

「最後に生け贄を要求したのは前翼王たる父が即位したとき。六十一年前だな。しかもその生け贄は殺されず、父の伴侶となり、私の母となって、病で亡くなった。つまり、前代でも生け贄の儀式は遂げられていない」

大臣達は苦い顔のまま喉《のど》の奥でぐううと唸る。前代の生け贄の存在こそがイシュカと大臣達との間に横たわる溝の正体だった。

天上人にとって、翼も力も持たず、寿命も三分の一しかない地上人は見下すべき存在だ。どれだけの力を持っていようと翼王に地上人の血が混じっていることが許容できないのだ。

大臣達の視線がイシュカに突き刺さった。お前は混血だから地上人に甘いのではないかという声なき言葉が聞こえてくる気がした。

イシュカはこっそり拳を握り締めたが、否定はしない。事実だからだ。他人にどう思われようと、イシュカ自身は自分に流れる母の血を誇りに思っている。父と母は種族を超えて互いに深く愛し合い、イシュカにも充分な愛情を注いでくれた。生け贄の儀式を終わらせることは母の願いだった。

「父の御代は平穏そのものであった。つまり神々も生け贄を求めていないのだ。違うか？」

イシュカは優しげな母の面影を瞼《まぶた》の裏に描きながら目を瞬き、ゆるりと頭を振った。少しでも威厳があるように見せようと上げている前髪がひと房垂れてきて、視界に入る。金色だ。部屋のどこを見回してもイシュカのような金色の髪を持つ者も、空色の瞳を持つ者もいない。

イシュカの淡い色は母親譲りだ。天上人達は茶色や黒、あるいは極彩色の翼や髪をしていて、全身が淡い色の者は皆無だ。この色を纏《まと》っている限り、イシュカの普通とは違う血筋は隠しようがない。

「天上人と地上人とは子を生《な》せるほど近しい存在なのだ。それなのに伝統だからと何の利益にもならない理由で残虐な儀式を続けるべきか」

母の思いだけではない。何の罪もない地上人をこの天上界へと連れてきて見世物のように殺す。残酷であればあるほどいいなどとも言われている。誰も求めていないのに、何故《なぜ》そんなことをしなければならないのか。父は母の願いを聞き届け、在位中は儀式の許可を出さなかった。

だが、イシュカは自分の治世でそれを決定的なところまで前進させる。不許可ではなく完璧な撤廃だ。

「利益ならございます。地上人達を思い上がらせないためです。天上界と地上界、二界の覇者は我ら天上人だと思い知らせねばなりません」

先ほど声を上げたオリエラ大臣が再び反対の意を示す。場にいたほとんどの者達もオリエラの言葉に頷《うなず》いた。

「地上に我らに匹敵する獣の種族がいた古《いにしえ》の頃ならともかく、今の地上人はただの無翼人だ。しかも地上界において二界を繋《つな》ぐ境界は空の中で、翼のない彼らはこちらに来ることもままならないのに、何故そんな必要がある？」

生け贄をと一方的に告げられて、健康な若者を差し出すしかない地上人を、イシュカは憐《あわ》れだと思う。自分さえ犠牲になれば天上人の怒りを買わずに済むと思って覚悟を決めたのだと語った母の強さを、天上人達は理解できないだろう。ほとんどの天上人は自分達が地上人よりも優れた存在だと考えている。

「陛下はまだ六十歳とお若いから、何もおわかりではないのだ」

「左様《さよう》。無翼人達はすぐに付け上がる。好奇心で閨《ねや》に召し上げられただけなのに、翼王の子を産むなど……。あ、いや、とにかく、奴らの愚鈍さを侮《あなど》ってはなりませんぞ。何しろ、数だけは多い。あちらからは来られずとも、こちらから行くことはできる。今後、地上界に渡った者が何かされたらどうするのです」

　イシュカの問いかけに、オリエラは明らかな嘲笑《ちょうしょう》を浮かべた。他の大臣達も、無翼人という呼び方に地上人への蔑《さげす》みを含ませ、にやにやと追随する。母への侮辱《ぶじょく》に、イシュカは爪が食い込むくらいに拳を握り締めた。

　イシュカが純粋な天上人ではないため、イシュカの翼王即位には反対の声が大きかった。この場にいる全員が反対派だ。

　しかし、イシュカは翼王の条件を満たした。翼王の条件は、五代以内の翼王の血を引き、最も大きな翼を持つ者。

　翼王の条件は伝統ではなく絶対の掟《おきて》だ。地上界では絶滅した妖獣が天上界では今も現れる。妖獣に対抗できる強い力を持つ者が人々の上にいなければ有事に対応できない。強くさえあれば翼王の嫡子《ちゃくし》でなくても女性でも関係ない。たとえ本人が望まなかったとしても。

　イシュカは内心を包み隠すために微笑を浮かべ、オリエラを見据えた。

　よく母が言っていた。笑っていなさいと。笑みは困難を乗り越える手助けをしてくれるからと。いつしかイシュカは笑みが習い性になっていた。

　即位した今も会議の出席者の中にイシュカの味方はいない。混血めと陰で蔑み、翼王の座から引《ひ》き摺《ず》り下ろそうと腹の中で考えている。国務大臣であるオリエラはその筆頭だ。

「天上界における地上界への境界は厳重に管理され、渡るには翼王の許可が必要だ。第一、境界は力の弱い者には渡れない。一体、地上界に何の危険がある？」

「それは……」

論破できる材料を見付けられなかったらしいオリエラがこめかみを引《ひ》き攣《つ》らせる。イシュカは僅《わず》かに溜飲《りゅういん》を下げる。

「今の私達に生け贄は不要だ。もう一度だけ言う。生け贄の儀式は撤廃する。地上界へは永久に生け贄を要求しない」

いつの間にか緊張は忘れていた。これ以上の反論は許さないと、イシュカは毅然《きぜん》と言い放つことができた。

「私の決意は揺るぎない。本日の会議はこれまでとする」

イシュカは閉会を告げて、円卓を離れ踵《きびす》を返した。


(言った。言ってやった)

イシュカはこれから降りかかるであろう面倒を予感しながらも、達成感のお陰で高揚した気分で外の廊下に出た。

「っ」

会議室の二重扉の外側が開かれた途端、あまりに眩くて、反射的に目を瞑ってしまった。

会議室と違って廊下には数多の窓があり、外を望めるようになっている。

目が慣れて見上げた空は、雲一つない素晴らしい天気だ。まるでラピスラズリを溶かし込んだような色合いで、飛び立てば自分が青く染まってしまうのではないかとすら思えてしまう。清涼な空気を肺に入れると、やっと呼吸できた気になった。

天上人の暮らす天上界は、雲海の上にある。

白い雲海から山頂がいくつも突き出しており、それらの一つ一つは島と呼ばれる。その島の一つが丸ごと王城になっている。

イシュカは平らに削られた頂《いただき》で緑に囲まれる白亜の城が聳《そび》えている姿を脳裏に描いた。王城の中に数えきれないほど置かれている飛び立つための平台——飛び場の一つから飛び上がり、翼の力で風に乗り、空を旋回するようにゆっくりと舞い上がっていく。王城が豆粒くらいになるまで上昇すると、雲海の白と空の青だけの世界になり、この世のしがらみを忘れられる。

「……飛びたいな」

「お供いたしましょうか？」

ふと漏らしてしまった言葉に、会議の間も後ろで静かに控えていた翼王付きの護衛官が進言してくる。

「ケル」

ケルは背が高く、鋭い目をした巌《いわお》のような男だ。窮屈な武官の制服を隙《すき》なく着こなしている。

何を考えているかわかりにくい寡黙《かもく》な男だが、代々翼王の護衛官を担ってきた一族の人間で、武官の中でも群を抜いて優秀だ。

「護衛官として遠出はおやめいただきたいが、散歩程度でしたら」

イシュカはこの威圧感たっぷりの男が少し苦手だ。しかし、武官の中で唯一イシュカの護衛官に手を上げてくれた貴重な人物だ。他の武官は、あれこれと言い訳を付けて護衛官を辞退してしまい、ケル以外の選択肢はなかった。もっとも、どんな人物であろうとイシュカは苦手だと思っただろう。年上の男性で、イシュカが気を許せたのは父だけだった。

イシュカは目を細め、ケルの夕暮れの森のような深緑の翼を目にして、首を横に振った。

「いいや、奥殿に戻る」

晴れた空を飛び回る心地のよさは何物にも代えがたい。だが、空を飛ぶにはどうしてもイシュカの純白の翼を他人の目に晒《さら》さなければならない。髪や肌は衣服で隠せるが、澄んだ青空にイシュカの翼は色も大きさも目立ち過ぎる。

「王子殿下」

廊下を進み、どん詰まりにある飛び場から飛び降りては羽ばたいて飛び上がりを繰り返し、翼王とその家族が暮らすための奥殿正面の飛び場に降り立ったところで声をかけられた。

「オリエラ大臣」

振り向けばオリエラだった。会議の間からイシュカを追いかけてきたのだろう。奥殿へ向かう道は厳密に定められていて、ひとっ飛びというわけにはいかない。不満を表すように灰黒の翼が必要以上に大きな音を立てて畳まれる。

「おっと、翼王陛下でございましたね。これは失敬。まだ慣れぬものでしてね。どうかご容赦を」

とてもそうとは思えない軽々しい謝罪だった。わざとだろう。悪意を感じる物言いに、イシュカはこっそり溜め息を零《こぼ》し、気を取り直して翼王らしく鷹揚《おうよう》に頷いた。

「構わない」

「陛下のお優しさに感謝いたします。それでは改めまして。先ほどのお言葉、撤回していただけますかな」

イシュカは空色の目を細めた。反対は予想通りだが、開けた場所で翼王の決定に堂々と異を唱えるどころか、要求までしてくるとは何という傲慢《ごうまん》さなのか。少なくとも前翼王のときにはこんなことはあり得なかった。

「私は陛下の御ために申し上げているのです」

オリエラは髭《ひげ》を蓄えた顎先《あごさき》を上げ、憮然とした態度のまま言い放った。

「私のため？」

「左様。これまでにない血筋の翼王陛下であらせられるから、その威光を下々の者達にまで示すために、伝統は守られるべきなのです」

その主張はわからなくもない。それでもイシュカは首を縦に振らなかった。

「大臣。知っての通り、混血である私の寿命は長くない。父の在位は六十年だったが、私の在位は三十年もあるかどうか。その間に生け贄の儀式の撤廃だけはどうしても成し遂げたいのだ。私は自分の治世を穏やかなものにしたい」

オリエラは口端を僅かに持ち上げた。

「ならばなおさら。陛下のご負担になるようなことはおやめいただきたいのです。他のことなら私だとて身命を賭してご助力差し上げる」

イシュカは目を伏せた。

取って付けたような言葉を素直に受け止めるほど愚かではない。

「それかいっそのこと、表向きのことは全てトリティ殿下にお任せして、陛下はゆるりと余生を過ごされては。陛下はそのお綺麗な顔で笑ってさえいらしたらよろしい」

「伯父上、私のお話ですか？」

オリエラを止めたのは瑞々《みずみず》しい声だった。オリエラの背後に少年が着地した。少し幼さを残すが、意志の強い黒曜石《こくようせき》の瞳の少年だ。肩で切り揃えられた艶《つや》やかな髪と、その背中の小さな翼も瞳と同じ漆黒をしている。

「トリティ殿下！」

オリエラが驚いた声で迎える。

「殿下、離宮から出てこられたのですか？　お一人で？」

オリエラが指で示したのは、遠くに辛うじて見える小さな島だ。王家の所有物で、今の主人はトリティとその母親だ。父親は早くに亡くなっている。

「もちろん一人ではありません。ほら」

トリティが答える間にバサバサと羽音がして、三人の護衛官達が慌《あわ》ててやってきた。焦《あせ》り具合から見ても、トリティに置いてけぼりを喰《く》らったのだろう。トリティは自分よりもずっと大きい護衛官達に控えているように目線で示す。

「伯父上がお城にいらっしゃっていると聞いたものですから、久しぶりにお顔を見たくて会いに来たのです」

安堵《あんど》したらしいオリエラが何かを言おうとする前に、トリティは笑顔で告げた。途端にオリエラは喜色満面になった。

「わざわざ私に会うために？　それはそれは光栄でございます。ですが殿下はまだ子供でいらっしゃいますよ。何かあったら……」

トリティはイシュカの又従兄弟にあたり、オリエラの妹の子供でもある。イシュカに次ぐ王位継承権を持っていて、オリエラは甥《おい》を王位に即《つ》けようと躍起になっていた。

「心配をおかけして申し訳ありません、伯父上。そして、翼王陛下。先にご挨拶せず大変な失礼をいたしました。ご機嫌麗《うるわ》しく何よりです」

「ああ。トリティ殿も元気そうでよかった」

イシュカに改めて礼儀正しい挨拶をしたあと、トリティは再びオリエラに向き直る。

「それで伯父上。ここに来る途中で会議の出席者の方が生け贄の儀式のことを噂《うわさ》されているのを耳にしました」

トリティに言われてオリエラがはっとした顔になる。

「そうなのです。殿下からもどうかご進言を。翼王陛下は本日の会議で生け贄の儀式の撤廃などと……」

「私は賛成です、陛下」

トリティはオリエラではなくイシュカをまっすぐ見据えてきた。

「殿下っ？」

オリエラが驚きの声を上げる。

「伯父上もわかっておられるでしょう？　あの儀式は無益どころか負の遺産だと。現在天上界に暮らす我々は、平和を好む種族の子孫だ。人々は残虐な儀式を嫌悪しております。前々回のときなど、あんなか弱い生き物を殺すなんてと翼王陛下の評判が下がる事態に陥ったとか」

オリエラはぐっと唸った。トリティは伯父に少年らしい純粋な様子で微笑《ほほえ》みかけた。

「伯父上が賛成すれば、陛下もお心強いでしょう」

「しかし、これは歴代の翼王陛下によって続けられてきた……」

オリエラが眉を八の字にして情けない声を出す。トリティは一転、酷く悲しげな表情になった。

「それに私自身、あの儀式は嫌いです。翼以外私達と同じ外見の生き物を殺すところだなんて、想像するだけでぞっとする。万一、私が翼王になっていたら、私も同じことを言いだしたでしょう」

「殿下が翼王になっていたら……」

オリエラは押し黙った。トリティが翼王になり、自分が権力をほしいままにしている夢想でも頭を過《よぎ》ったのだろう。オリエラは今でもイシュカを引き摺り下ろして後にトリティを据えようとしている。

イシュカは感心する。トリティはオリエラの思考を見事に誘導してしまった。まだ子供なのに、正論で戦うことしか思い付かなかった自分よりもずっと賢い。将来が頼もしいと心の底から思う。

「トリティ殿が賛同してくれるなら心強い。翼王が二代続いて同じ意見なら、後世で復活することもないだろう」

イシュカはトリティの作戦に乗ることにした。オリエラが目を剥《む》いた。

「二代とは？」

イシュカはゆっくりと目を瞬き、頷いた。

「私の寿命は短い。天上人の女性との間に子供ができても、その子の寿命も純粋な天上人よりは短いだろう。そんな可哀想なことはしたくないし、子供を儲けないのに王妃を迎える気にはなれない。だから次の翼王はトリティ殿になるだろう」

それはイシュカの本心だ。それに天上人の中に混血の翼王の妻になりたいと思うような女性がいるとも思えない。

イシュカの夫婦の理想は両親だ。父は百二十歳と天上人の平均寿命の半分も生きなかったが、それは二十年も連れ添えなかった母のあとを早く追いかけたかったからに違いない。それほど深く愛し合える関係をイシュカは幼い頃から当たり前のように見てきた。

愛情のない婚姻はしたくない。愛情があれば別れの辛さを覚悟しなければならない。それなら最初から諦めた方が楽だ。

翼王という立場にあるまじき考えだと自覚しているが、周りはその方が嬉しいはずだ。現にオリエラの顔にじわじわと喜色が滲《にじ》み出す。

「なるほど陛下がそのようなお考えとは。確かに次代の翼王になられるトリティ殿下のお望みならば考え直す必要がありますなあ」

それでもオリエラは賛成に回るとまでは言い切らず、殿下の母上にもお報《しら》せしなければと、挨拶もそこそこに弾むようにして去っていった。

「陛下。先ほどのお言葉、本当ですか？」

オリエラの姿がすっかり見えなくなると、トリティが一歩イシュカに歩み寄ってきて、妙に真剣な顔付きで問うてきた。イシュカは目を眇《すが》めた。

トリティはオリエラの甥だが、トリティ自身はイシュカを敵視していない。前翼王にはイシュカ以外の子がおらず、他に子を作る気もないと宣言していたから、トリティは将来の翼王にと期待されて生まれてきた。争う立場であるのに、トリティはいつもイシュカを慕ってくれた。

イシュカはよくそうしていたようにトリティの黒い頭を撫《な》でようとして、ふと気付いた。

「トリティ殿。また背が伸びたね」

成長期のトリティの頭は、小柄な母に似て有翼人男性の平均身長に届かなかったイシュカの目の高さまで来ていた。肩幅もある。顔立ちも少年ながら男らしく整っている。自分とは違って、きっと男ぶりの素晴らしい美丈夫《びじょうぶ》になるだろうと想像してイシュカは微笑んだ。

「ありがとうございます。でも、私はまだ子供です」

トリティは自分の背中を振り返り、悔しそうに零した。天上人は翼の大きさで大人かどうか判断される。翼は成人前に急激に成長する。トリティのふわふわした黒い翼は雛鳥のように可愛らしい。

「トリティ殿は、早く大人になりたいのか?」

もしトリティの成人が父の崩御《ほうぎょ》よりも前だったら翼王に即位したのはトリティだっただろう。

トリティ自身もそうなると思っていたはずだ。イシュカの翼の成長と前翼王の突然の崩御は誰にとっても予想外だった。

「当たり前です、だって子供では……。いえ、そんなことより、先ほどのお言葉です！」

「何だったかな？」

トリティは爪先立つようにしてイシュカに言い募る。

「王妃を迎えられないとは本気なのですか？」

見上げてくるトリティの夜色の瞳は真剣そのものだ。イシュカは少し気圧《けお》されながら頷いた。

「ああ、その話か。本気だよ」

「……羽根を望まれる女性もいらっしゃらないのですか？」

トリティは何故かごくりと喉を鳴らし、一拍置いてからイシュカに聞いてきた。羽根を望むとは、婚姻の証《あかし》として互いの羽根を交換して身に着ける風習に由来する古風な言い回しだ。イシュカは苦笑する。

「いないよ。私なんかを好いてくれる女性もいないだろう」

「陛下は魅力的です！」

イシュカは面喰らい、小さく吹き出す。

「そう言ってくれるのはトリティ殿だけだよ。この白い翼だけでも忌避《きひ》されるには充分だ」

雲よりも白い翼は目を射す。自分ですら禍々《まがまが》しく思えてしまうのに。

ちらりと背後のケルを見ると、彼は無表情のままだった。内心は知らないが、ケルはイシュカの翼の色に嫌な顔をしたことがない。だが、イシュカを滅多に見ることのない王城外で暮らす天上人達はそうではない。今度はトリティの背後の三人の護衛官達を見ると、彼らは一様に苦々しい表情をしていた。

「何を仰るのですか！　そんなことはありません！　あっ」

トリティは小さな翼を大きく広げてばさばさと動かすくらい感情的に否定して、慌てて閉じた。飛んでもいないのに翼を広げて動かすのははしたないことなのだ。

「そんなことは、ありません。陛下のその真っ白な翼も、金色の髪も、本当に綺麗で」

もごもごと繰り返す。

「でも私にとっては君の艶やかな黒髪と翼の方が綺麗だよ」

一生懸命な言葉を否定するのも可哀想で代わりに褒めると、トリティは今度は決意を秘めた瞳で見上げてきた。

「私は陛下を敬愛しています。どうか、王妃様を、お迎えになり、陛下の血を次の代に繋げて下さい」

イシュカは驚いた。イシュカが子を作ればトリティが翼王になれる可能性は低くなるというのに。しかし、それほどまでにトリティが自分のことを思ってくれているのだと、次第に胸が温かくなってきた。

「ありがとう。トリティ殿がそう言ってくれるだけで充分だよ」

イシュカは少年の頭を撫でる代わりに、手を取った。身長の割に大きくて逞《たくま》しさすら感じさせる。指の腹が硬いのは、剣術の鍛錬を怠《おこた》っていないからだろう。頼もしくて微笑むと、トリティの健康的に焼けた頬《ほほ》に赤みが差す。

可愛いなと、イシュカは素直に思った。トリティは普段は大人も顔負けの聡明さを発揮するし、もう幼いという年齢ではないはずなのだけれど、イシュカの前では時折こうして子供らしさを見せる。でも、最近子供扱いをすると拗《す》ねてしまうのだ。それがまた可愛い。弟がいたらきっとこんな感じなのだろうと、両手でトリティの手を包み込み、目線を合わせた。

「わ、私は……」

「頼りない翼王だけど、君に引き継ぐまでしっかりやるつもりだ。私は君に期待しているからね。だから、どうかこれからもよろしく頼む」

「き、期待……。は、はい！」

トリティは力強く頷いて、手を握り返してきた。

父母は失ったが自分にはまだ味方がいた。それが嬉しくてつい目の前の身体を抱き寄せた。温かいと思った。少年の身体は体温が高くて、愛おしい。それに日向のいい匂いがする。イシュカの腕の中でトリティがびくりと硬直する。

「へ、へ、陛下……！　離して下さい！」

「ああ、ごめん。また子供扱いをしてしまったね」

イシュカは抱擁を解かずにトリティの、恥《は》ずかしさにだろう、震える翼を撫でてやった。見た目通りに羽毛がふわふわしていて、なめらかだ。

「陛下！」

「私に触られるのは嫌か？」

天上人にとって翼は大切な器官だ。身内や恋人以外には滅多に触らせない。少し前までは兄弟のように触らせてくれていたのにとイシュカが悲しげな表情で少年の顔を見詰めると、トリティは顔を真っ赤にさせてむうと口を噤《つぐ》んでしまった。

「すまない。悪ふざけが過ぎたな。トリティ殿も間もなく成人なのだから、他人の私に触られるなんて……」

「ち、違います！　べ、別に陛下に触られるのは嫌じゃありません」

イシュカは笑いを噛み殺しながらトリティの身体をそっと離す。

「ありがとう。優しいね、君は」

「わ、私は、優しいなんて、そんな……」

「陛下、その辺りで」

ケルが声をかけてくる。

「そろそろ奥殿に入られた方が。このような場所に長居は禁物かと」

トリティがケルを睨《にら》み付けたが、ケルは無視してトリティの護衛官達をちらりと見遣った。彼らの表情は苦々しいを通り越して険しいものになっている。トリティが悔しげな表情になる。トリティの護衛官達にはオリエラの息がかかっている。彼らにしてみればイシュカは敵だ。トリティの翼に触れたときにはイシュカに明らかな敵意を向けてきていた。

「そうだな」

奥殿は高い壁と屋根に囲われ、出入りできる人間が極端に制限されている安全な場所だ。だが、今イシュカ達がいるのは奥殿の手前だ。誰が話を聞いているかもわからない。

「トリティ殿」

また、と言おうとしたところで、トリティからイシュカの指を掴んでくる。その力は存外強かった。

「陛下。もう少しだけお話ししたいです。私を奥殿に招いて下さいませんか？　私の護衛官達は置いていきますから」

「駄目です」

真っ先にケルがそれを拒んだ。トリティが険を含んだ表情でケルを見遣る。

「ケル。お前は私が陛下に何かをするとでも？」

「決まりですから。奥殿は翼王陛下とそのご家族のもの。翼王陛下の安全のため、特例を作るわけにはいきません」

ケルの淡々とした言葉にトリティが悔しげな表情になる。

「すまない、トリティ殿。話があるというなら、ちゃんとした機会を設けよう」

トリティはぐっと唇を噛み、頷いた。

「はい。私からも正式に謁見《えっけん》を申し入れさせていただきます」

悲しいなとイシュカは思った。自分を慕ってくれる唯一の相手と会話することさえ制限される。翼王の立場はイシュカにとって不自由で、息苦しい。

そっと空を仰ぐ。

何故、混血の自分が大きな力を持って生まれたのだろう。翼がこれほど成長しなければ、翼の色を隠して生きることもできた。そうであれば翼王など継がずに、天上界の片隅で毎日好きなだけ空に翔《か》け上がり、風を浴びる生活を送れただろうに。

だが、実際にはイシュカは純血の天上人よりも大きな力を持ち、翼王を継いだ。即位した以上は、父のように立派な翼王にならなければならない。

相変わらず青い空はイシュカの運命を嘲笑っているようにも見えた。

＊＊＊

「西の大島に妖獣が現れたそうです」

ケルの報告にイシュカは自室の執務机で頭を抱えた。イシュカが翼王となって五年。滅多に起きないような天災や不遇の事故が頻発していた。

「また妖獣だと？　被害は？」

「現れたのが人里からかなり離れた場所ということで今のところ被害はないようです。あの島は広いですからね」

イシュカは胸を撫で下ろす。天上界には王城の島を中心にして東西南北それぞれに大島と呼ばれる巨大な島がある。それらは山頂というより山脈で、飛んで一周するのに休みなしでも半日もかかるようなものもある。大島で人が住んでいるのは限られた一部だ。妖獣には翼がないから足も鈍い。

「しかし、いつ人里に向かうかもわかりません」

「早急な対応が必要だな」

護衛官であったケルは、今ではイシュカの補佐も行っている。他の文官がイシュカの白い翼に怯《おび》えたため、ケルが伝令のようになり、いつしか補佐官を兼任するようになった。相変わらずその威圧感をイシュカは苦手にはしているが、今ではなくてはならない右腕だ。

「武官達は先週の南の街の火事の復旧に駆り出されて、まだ半数以上が帰ってきていないな」

その前にも、王城の近くの島で強風による家屋の倒壊があり、武官達はこのゆっくりと時が流れる天上界でろくに休みも取れていないような有り様だった。

「私が行こう。っ、ぐ……！」

イシュカは決意して立ち上がったが、目の前から一瞬で色が消えた。視界がぐるりと回って再び椅子に戻ってしまう。ざあっと血が下がって身体が冷たい。気持ちが悪い。

「っ、う……」

口元を押さえ真っ青になったイシュカに、ケルは淡々と告げた。

「いけません。陛下は、先日もお力を使われたばかりではありませんか」

翼王は大きな力を持っている。普通の天上人はせいぜい自分が飛ぶための風を操ることしかできないが、翼王ともなれば天候を左右し、風や雷《いかずち》を操って戦うこともできる。

「だが私が行くのが一番だ」

「武官にも対処はできます。彼らだってそれなりの力を持っているから仕官したのです」

「負傷者が出るかもしれない。それに相手は妖獣といえども生き物だ。それを殺すような役目は心の負担にもなる」

「それはあなたも同じでしょう！」

滅多にないケルの大きな声にイシュカは目を瞬いた。しまったという風にケルがこめかみに手を当てる。

「陛下」

ケルが溜め息を零す。

「いくら何でもおかしいのではないでしょうか。異常な気候、重なる事故。そのうえ、数十年に一度現れるのがせいぜいだった妖獣が頻繁に現れる。武官達は疲弊《ひへい》し、陛下はその度に駆り出される。何者かの意図が働いているとしか思えません」

珍しく長々と意見を述べたケルにイシュカは沈黙した。それは自分も感じていたことだ。しかし。

「証拠は何もない」

ケルは目を僅かに細めたが黙って続きを待つ。

「災害は確かに力の強い者なら引き起こせるだろう。しかし、妖獣は突然現れるものだ。奴らを操れるとされる悪魔でもいるなら別だが」

悪魔は千年も前に滅びている。つまり、悪魔の仕業ではない。

「それは……」

妖獣は天上界でも地上界でもない場所からやってくる。雲海は違う世界と繋がっていて、妖獣はどこかの世界から漂着してくるのだと言われている。偶然やってくるこの世界のものではない存在をどうやって誘導するのか。

イシュカの反論に、ケルは口を噤んだ。

「私は翼王だ」

イシュカは自分に言い聞かせるようにその言葉を紡ぐ。

「父上や歴代翼王がそうしてきたように、天上界を、そこに住む人々を、守る義務がある」

衣服の下に着けている首飾りを指先で確認し、挫《くじ》けそうな心を奮《ふる》い立たせるように睨み付けると、ケルは諦めたような顔をした。話はこれまでと、イシュカは改めて立ち上がろうとした。

「陛下、失礼いたします。トリティ殿下が面会を求めておられます」

予定を変えたのは、部屋の外からかけられた侍従の呼び声だった。


イシュカが奥殿から出て謁見のための部屋に入ると、そこには久しぶりに見る姿が待ち構えていた。

「トリティ殿」

トリティに会うのは五年ぶりだ。先日成人を迎えたばかりのトリティは見違えた。容姿はもう子供とはいえないし、何より小さかった黒い翼は、正面から見てもわかるほど大きく育っている。それでもイシュカには見間違えようがなかった。

トリティはイシュカが室内に入るなり、その場に跪《ひざまず》いた。

「翼王陛下」

発された声はイシュカの知らない青年のものだった。可愛らしくはなくなったが、耳に心地のよい低音だ。

「拝謁賜《はいえつたまわ》り、恐悦至極《きょうえつしごく》に存じます」

イシュカの服の裾《すそ》を摘まみ、口に寄せるという、古風で最大限の尊敬を表す臣下の挨拶にイシュカは驚いた。

「トリティ殿。君がそんな挨拶をする必要はない。君は唯一の次の翼王候補で……」

「それでも、今はあなたが翼王です」

屈《かが》んだまま顔を上げたトリティの表情が一瞬驚きに見開かれる。イシュカは苦笑した。

「変わりように驚いているか？」

イシュカはいつからか目から下を布で覆うようになった。翼は仕方ないにしても、人々を困惑させる薄い色の髪や肌を少しでも隠すためだ。それでも痩《や》せ細り、顔色が悪いのを隠せていないのだろう。

「いいえ」

トリティは否定したが、その声には戸惑いが滲んでいる。

「トリティ殿。立ってくれ」

イシュカに促されてトリティが立ち上がる。目線はもうトリティの方が上だった。漆黒の瞳がイシュカをじっと見詰めてくる。

「仕方のないことなのだ。数少ない過去の例を当たっても、混血は最初は天上人と同じ速度で成長し、成人後から一気に老いていくとされていた。おそらく翼が成長すると、半分が地上人の身体では翼の力を支えきれないのだ。私の寿命が短いとは以前から言っていただろう？」

イシュカの力が大きい分、その反動も大きいようだった。加えて力を行使する機会が増え、その度にイシュカの身体は衰弱していく。医者から宣告される余命も次第に短くなっている。

「寿命を延ばす方法はないのですか？」

「調べたがなかった」

イシュカは明るく答えた。

「そんな深刻そうな顔をされると困ってしまう。あと一、二年で尽きるというわけでもないのだから」
一、二年は何とかなるだろうが、五年後はわからないという言葉は呑み込んだ。
「それとも、よほど見るにたえない顔か？」

「いいえ。陛下は魅力的です」

イシュカの冗談に、トリティははっきりと告げてきた。何だか以前も同じ台詞《せりふ》を聞いたなと思い、イシュカは苦笑する。

「ありがとう。さて、私の話はこれまでにしよう。急ぎの用事があるんだ。君の用件は？」

トリティは一瞬だけ不満そうな顔を見せたが、追及はしなかった。イシュカだって旧交を温めたいが、そんな状況ではない。

「西の大島の妖獣、討伐《とうばつ》してまいりました」

「何だって？」

さらりと告げられた言葉にイシュカは空色の目を瞠《みは》った。

「ちょうど通りかかったのです。王命を仰ぐべきとは思いましたが、被害を最小限に食い止めるのが先決と考えました。群れない種類の妖獣でしたので、他にはいないと思いますが、念のため警備兵と志願者の自警団で警戒させ、住人にもしばらくは単独行動を控えるように指示を出しております」

「そう、か。それは助かった」

これ以上ない完璧な対応だった。

「光栄です」

イシュカはゆっくりした足取りで玉座に向かう。座した途端、どっと力が抜ける思いがした。気が緩んだのだ。同時に視界が暗く濁《にご》った。

「っ……」

「陛下、こちらを」

ケルがすかさず小さな杯《さかずき》を差し出してくる。中身は気付け薬だ。舌が痺《しび》れるほど苦い薬湯を飲み干すと、いくらか頭がすっきりした。

ほうと息を吐き出したイシュカは、改めてトリティに視線を向けた。

身体の成長は著《いちじる》しい。身動きの取りやすい黒い衣服に包まれた体躯はしなやかでよく鍛えられているのがわかる。身長はとうにイシュカを追い越したか。記憶では柔らかさを残していた頬はすっきりとし、涼やかな目線と相まって、とびきり凛々《りり》しい若者だ。結わえて横に流した黒髪が大人びた雰囲気を醸《かも》し出す。だが、その表情は明るくない。

「トリティ殿。すまない」

「何がですか？」

「妖獣の討伐は気が滅入っただろう？」

イシュカは何度経験しても慣れない。妖獣は蛇《へび》や四つ足の獣、あるいは形がなかったりするが、それでも生きている。風を叩き付け、雷で撃ち、剣で斬り付ける。その度にイシュカは逃げ出したくなる。慣れることはない。

「大きな翼を持つ者の義務ですから」

しかしトリティは迷うことなく答えた。無理をしている様子はない。イシュカの胸が震えた。何て強いのだろう。そして、それに比べて自分は何て弱いのだろうと。

「翼を見せてもらってもいいだろうか？」

イシュカの頼みに、トリティはすぐに背中の翼を開いてくれた。

夜空のような漆黒の翼だ。窓から差し込む明かりに星のような煌《きら》めきが宿っている。黒単色の翼は珍しい。だが、これまでの翼王に何度も現れた色なので、イシュカの純白とはまったく違う。

「美しいな。それに力強い」

　賛辞を送ると、トリティは微かに翼をはためかせ、力の籠《こ》もった黒瞳でイシュカを見据えてきた。

「翼王に相応しい大きさだと自負しています」

　その言い方にイシュカは違和感を覚えた。

「トリティ殿？」

　トリティは思い詰めたような表情をしていた。

「陛下。私に王位を譲っていただけませんか？」

「もとよりそのつもりだ。以前にも話しただろう？」

「いいえ。私が言っているのは、今すぐに、ということです。どうぞ翼王の位をお退き下さい」

「っ」

　謀反《むほん》とも取れる言葉にケルが剣に手をかけた。イシュカはそれを手で制する。顔には出さずに済んだが、驚きは大きかった。

「……私はそんなに頼りない翼王かな？」

　怒りよりも悲しみが先に立った。

「いいえ」

　トリティははっきりと否定した。

「私はこの五年、各地を回っておりましたが、どこにいても陛下の評判は耳に入ってきました。これほど天災や妖獣の発生が頻発しながら被害が最小に食い止められているのは、陛下自ら被災地に赴かれ、先頭に立って力を使われているお陰だと。今や陛下の純白の翼は希望の象徴だ」

「世辞は結構だよ」

自分がこのように虚弱でなければ、もっと被害を抑えられたはずだ。せめて混血でなければ大臣達の血縁や、あるいは本人も動いてくれたはずだ。重臣達やその一族は翼王には敵《かな》わずとも強い力を持っている。

「お世辞なんて。紛《まご》う方なき本心です」

トリティは即座に否定した。では何故と、イシュカの心は続きを求める。

「私も陛下のご活躍を聞く度に、嬉しくなったものです。そのお姿を見るまでは」

トリティの黒い瞳がイシュカを射抜く。

「すぐに退位され、休養をお取り下さい。このままではあなたは……」

トリティはそれ以上を口にしなかった。イシュカはトリティの言わんとすることを理解した。五年会わなくとも、どれだけ立派に成長しようとも、トリティは昔と変わらずイシュカを慕い、心配してくれるのだ。イシュカは込み上げてくるものを押しとどめ、精いっぱいの笑顔をトリティに向けた。

「トリティ殿、一緒に散歩をしないか」

「散歩、ですか？」

突然の提案にトリティが目を瞬く。

「そうだ。ケル。少しだけ二人で出かけてくる。お前は付いてこなくていい」

「しかし陛下」

「ケル」

いつかのようにトリティがケルを睨み付けた。そして、まるで威嚇《いかく》するかのように広げた黒い翼を見せ付ける。

「私はもう大人だ。陛下と私が二人いれば、誰にも、どんな妖獣にだって引けを取らない。それともお前と試合《や》って勝ってみせればいいか？」

トリティの言葉にケルは不承不承《ふしょうぶしょう》頷いた。


時刻は夕暮れ間近だった。太陽は西の雲海の波の際を薄紅に輝かせ始めている。

天上人は風を操って空を飛ぶ。一方で身体に当たる風は和らげるので、髪や衣服はそよぐ程度だ。だが、イシュカは少しだけ顔に当たる風を強めに受けてみた。

「んむっ……。わっ。ああ、でも気持ちいいな」

緊急事態以外での長距離の飛行は久しぶりだ。翼を広げひんやりとした風を浴びると、生きた心地がする。しかも随行者はトリティだけだ。気が緩んでつい独り言が漏れた。ついでにくるりと回ってみる。

「くっ」

吹き出したような声に気付いて隣を見ると、トリティが苦笑交じりにイシュカを見ていた。

年下に呆《あき》れられてしまった。やり過ぎてしまったとイシュカは慌てて口を噤んで表情を引き締めた。そんな自分がなんだかおかしい。

一刻ほど飛び、到着したのは小さな島だった。

「少し待ってくれ」

イシュカは上空で止まり、島にゆるい風を起こした。木立はざわついたが、それ以上は何も起きなかった。

「よし、人も妖獣もいないようだ。降りよう」

「ずいぶん慎重なのですね」

「次期翼王陛下をお連れするのだ。何かあってはいけないだろう？」

イシュカは澄まして答えた。トリティは少し驚いたようだが、小さく笑って応じてくれた。

島の山頂は北側になっていて、南の斜面には平地があり、森がある。森の南側と雲海に切り立つ崖との間に小さな野原がある。そこへ降り立つと、野原はちょうど花の盛りで、緑の中にとりどりの可憐な草花が咲き乱れていた。せせらぎは森に湧水が流れ出す小川があるからだ。

「ここは？」

トリティが興味深げに辺りを見回す。

「幼い頃に父がよく連れてきてくれた。秘密の場所だ」

風を浴びたせいで髪が乱れている。イシュカは手櫛《てぐし》で髪を整え、ついでに気を張る必要もないからと前髪を下ろし、顔布も取った。それだけでも少し楽になった気がする。

「フェエエン」

間延びした高い声がした。そちらを向くと、むくむくして首の長い四つ足の獣達が野原と森の境界でこちらを見ていた。一番手前にいる茶色の一頭の後ろには、毛色がそれぞれ違うが同じ獣が何頭も控えている。茶色に白や黒、灰色など、色とりどりだ。

「ファフ！　ファフだろう？　大きくなったな！」

イシュカは思わず声を上げていた。茶色の一頭がつぶらな瞳を何度か瞬かせ、跳ねるように駆けてきた。その後ろから残りの連中もぴょんぴょんした足取りで一斉にやってきてイシュカを取り囲んだ。

「こら、押すな。苦しい」

イシュカは頬を緩ませながら寄ってきたふわふわの身体を押し退ける。

「アルパカ？」

毛むくじゃらに囲まれたイシュカをトリティが呆然《ぼうぜん》とした顔で見ていた。

アルパカの毛は柔らかく上質なため天上界でよく家畜として飼われており、性格も人懐こい。

「ああ。どうやら誰かがこの島に連れてきたものが野生化したらしい」

イシュカが答えると、小さめの白い一頭がトリティに近付いていった。そしてトリティをじっと見て、歯茎を剥き出しにする威嚇の表情を見せる。と思ったら、ペッと唾を吐き出した。

「うっ、何をする！」

トリティは上手く逃れたが、群れから五歩も距離を取った。

「あはは。君は気に入られなかったみたいだな。ファフ、彼はトリティ殿。私の大切な人だ。丁重に扱ってやってくれ」

思わずイシュカが声を上げて笑うと、アルパカ達に対して本気で警戒していたトリティが惚《ほう》けた顔になった。

「トリティ殿？」

イシュカが首を傾《かし》げると、イシュカに身体を押し付けていたファフがゆっくりトリティに向かっていく。

「フェーン」

ファフはひと鳴きすると、先ほどの白いのと同じように歯茎を剥き出しにした。直後、トリティに唾を吐き出した。

「ファフ、お前まで！」

「フェフェフェ」

ファフは笑い声のような鳴き声を上げて、群れとともに森の中に去っていった。

「すまない、トリティ。昔、ファフが怪我したときに手当してやったことがあったんだ。それ以来、ファフは私や父は好いてくれているのだが」

イシュカは笑いをこらえて説明した。トリティはファフの攻撃も逃れたようだけれど顰めっ面になっている。アルパカの唾は独特の匂《にお》いがある。

「気分を害してしまったか？」

「いえ、別に」

トリティは不貞腐《ふてくさ》れている。謁見の間で会ったときの澄まし顔が保てていない。そんなトリティへの笑いを噛み殺しながら、イシュカは野原の南の端に建つ東屋《あずまや》に案内した。東屋は明らかに素人《しろうと》造りの丸太を組んだだけのもので、卓に見立てた平たい岩を挟んで木製の長椅子が二つ並んでいる。崖の手前の見晴らしがよい場所には、人の手で加工されたのが明らかなひと抱えほどの白い石。

イシュカはトリティに先に座るように促すと、その白い石に黙礼をしてから東屋に戻った。

「あれは母の墓標だよ」

「陛下の母上ですか？　しかし、翼王妃は王墓に葬られるはずでは？」

トリティの驚きにイシュカは静かに頭を振った。

「母は父の唯一の伴侶だけれど、正式な王妃ではない。それに、地上人を歴代翼王と王妃が葬られた王墓に入れるわけにはいかないと猛反対を受けた。母上ご自身も死後の世界でまで辛い思いをするのは嫌だと」

「そうだったのですか……」

翼王と翼王妃は、正しく王墓に葬られれば死後の世界で神の末席に迎えられ、楽園で永遠を過ごせると言われている。王墓に葬られなければ、他の天上人や地上人と同じように百年を死後の世界で過ごした後に輪廻《りんね》の輪に迎えられて、再びこの世に生まれ変わる。まったく新しい人間として。どんな魂も不滅だが、永遠の存在は神だけのものだ。

「母が亡くなったときトリティ殿は七歳くらいだろう？　母のことを公の場で口にするのは忌避されているし、知らなくて当然だ」

イシュカは長椅子にトリティを促し、自分も向かいに座った。雲海から吹いてくる風が涼しくて心地よい。野原に咲く花の控えめな香りも気分を晴れさせてくれた。

「私は成人したらこの島で隠居して、死んだらこの島に葬ってもらうつもりだったのだ」

「え？」

「だが、私の翼は大きくなり、翼王となった。翼王は王墓に入る決まりだ」

ゆるやかな風がイシュカの頬を嬲《なぶ》る。

イシュカは次期翼王の教育を一応受けたが、翼王になれるとは思っていなかった。なれないと思っていた。父も同じ考えだった。しかし、父が亡くなる前にイシュカの翼は大きく育ってしまった。父は翼王になることが決まったイシュカに二つの遺言を託した。一つは母の望みだった生け贄の儀式を終わらせること。もう一つは……。

「混血の翼王が王墓に葬られることに、いい顔をしない者は多いだろうな」

イシュカはトリティをじっと見据えた。

「頼みがある。私が死んだら、骨のひと欠片《かけら》でもいい。この場所に葬ってもらえないだろうか」

「っ、そんな恐ろしいことはできません！　王墓に正しく葬られなければ、楽園には行けないのですよ！」

青ざめた顔に、イシュカの胸がぐっと苦しくなっていく。そんなことはわかっている。

「でもね、トリティ殿。私は楽園で神の末席に加えられたとしても、きっとまたこの血のせいで孤独になると思うんだ」

悲しげな顔を見せると、トリティは顔を歪《ゆが》めた。

「孤独ではありません。あちらにはお父上もいらっしゃるではありませんか」

「そうだったな」

イシュカは曖昧《あいまい》に笑った。それを見たトリティが決意した様子でイシュカを見てくる。

「陛下。あなたは翼王です。あなたの亡骸《なきがら》は必ず王墓に。そして私が死んだときには陛下の隣に葬ってもらいます。私があなたの傍《そば》に参ります」

「君の隣に葬る？　君の隣は君の王妃のものだろう？」

　イシュカはおかしくて笑った。

「いいえ。陛下に寂しい思いはさせません。約束します」

　まっすぐな瞳に、イシュカの胸はじんと熱を帯びた。心がくすぐられる。

「私にそんなことを言ってくれるのはトリティ殿だけだ。気持ちだけ、ありがたくいただくよ」

　トリティが立ち上がり、花々の散る緑の大地に跪いてイシュカの手を握ってくる。その場限りの慰めではない、本気なのだと、力強さが語っていた。大きく温かな手だ。こんな風に誰かに触れるのは、五年前にトリティが遊学に出る挨拶に来たとき以来で、イシュカの心臓がどくんと脈打った。

「イシュカ様」

「っ」

　父が亡くなってから一度も呼ばれたことのない名前を力強い低音で呼ばれ、たったそれだけでイシュカの胸がいっぱいになる。思わず込み上げてきた嗚咽《おえつ》をこらえる。

　この年下の純血の天上人に、全てを明け渡したらきっと楽になれるのだろう。孤独は嫌だ、死後も隣に葬って欲しいと願ったら、きっとその通りにしてくれる。

「……リティ」

　細く息を吐き出し、幼い頃の呼び名でトリティを呼んだ。トリティがはっとした顔になる。

「私は楽園で君に再会できるかな？」

「もちろんです」

トリティは即答してくれた。イシュカは泣きそうになる気持ちを押さえ付けた。

「ならば、可能な限り、立派な翼王にならなければ。楽園で君を胸を張って出迎えたい」

イシュカは初めて心からそう思えた。即位してからずっと感じてきた息苦しさが少しだけ薄れた気がする。

トリティの黒い目が見開かれる。

「私は、生きているあなたと少しでも長く……」

「私の残された時間より、死後の世界で過ごす時間の方がずっと長い。どうか、私の生きる理由を奪わないでくれ」

トリティに見限られたらイシュカは一人きりになってしまう。永遠と言われる時間の孤独に耐えられる自信なんてない。

「イシュカ様……」

トリティは唇を歪めた。すっかり凛々しい若者なのに、泣きそうな表情が子供の頃そのままでイシュカはつい頬を緩めてしまった。

「もう譲位をとは言ってくれないな？」

トリティは押し黙った。イシュカはそれを同意と取った。

「私の気持ちは話し終えた」

イシュカ自身の気持ちの整理も付いた。これからはどれだけ辛くても前向きな気持ちで生きていける気がする。

「戻ろう。長居するとケルが迎えに来てしまう」

イシュカは微笑みかけて、自分の手に重なったままの温かい手をそっと外した。トリティも説得は無駄だと理解してくれたのだろう。

「すまないが先に行ってくれ。久しぶりだから母と話をしたいんだ」

墓標に目線を向けると、トリティは難色を示した。

「いいえ、そのお身体でお一人にはできません」

「少しだけでいい」

「ここで待っています」

「どうしても駄目か？　君がいると話せないこともあるんだ。ほんの少しの時間でいい」

イシュカが見上げて願うと、トリティは何故かうっと小さく声を漏らし、顔を逸らした。

「……そこまで仰るなら」

「ありがとう」

「でも、少し離れた場所でお待ちしています。あなたが大いなる力を持っているのはわかっていますが、そんなお身体ではお一人になんてできません」

「リティは心配性だな。まるで私の警護官だ」

くつくつと笑ったイシュカは、こんな気分は久しぶりだなと思った。心がぽかぽかしている。

「いっそ警護官であれば、四六時中あなたと一緒にいられるのに」

「何か言ったか？」

聞き取れなかったとイシュカが目を瞬くと、リティは憮然とした。

「ただし、交換条件があります、と」

「何でも聞こう」

トリティは呆れた顔になった。

「気安く受け入れ過ぎではありませんか？　無体な要求をしたらどうするつもりなのですか」

イシュカはとうとう吹き出した。

「リティはそんなことしないだろう？　信用している」

トリティは何故か両手で顔を覆った。どうしたのだとイシュカが声をかけると、何でもありませんと長い溜め息を吐かれた。

「……では、昔みたいに抱き締めて下さい」

トリティは腕を広げてイシュカを迎える体勢を取る。

「そんなことでいいのか？」

「ええ」

イシュカはトリティの腕の中に身体を移動させ、両腕を背中に伸ばした。何だかドキドキする。厚い身体に昔のように腕を回すのは無理で、二の腕に手をかける。自分とは大違いで硬く締まっている身体だ。それに体温が高い。昔はこの温度が心地よかったのに何故か今は落ち着かない。少し甘く爽やかな匂いが鼻腔をくすぐった。

「あ……」

不意にトリティが動き、イシュカを胸に抱き寄せた。鼓動が早い。つられるように自分の鼓動まで速くなる。

「リティ……」

「言わずにおくつもりでした。でも、あなたと二人きりになれるのはこれが最後かもしれない」

酷く辛そうだ。何を言おうとしているのか。聞いてはいけないことのような気がしてイシュカは焦る。だが、言うなと口にする前に、トリティはイシュカの耳元に顔を寄せ告白した。

「あなたが好きです。愛している」

「っ、リティ、何を……」

イシュカは喘《あえ》いだ。身体のうちを、言葉に形容しがたい何かが渦巻き始める。

「初めて会った瞬間、あなたに恋をした。あなたの傍にいられる護衛官に嫉妬《しっと》しているし、あなたを苦しめる者は全て憎い」

トリティは閉じ込めていた激情を曝《さら》け出す。その言葉の一つ一つにイシュカの心が揺さぶら

れる。掻《か》き抱いてくる腕の力が強まって苦しいほどだ。

「何か勘違いしているんじゃないのか。君も、私も、男同士で……」

「いいえ。私が頭の中であなたにどんな不埒《ふらち》なことをしたと思います？　何度あなたをこうして抱き締めることを夢見たと思います？」

トリティの手が意味もわからず混乱するイシュカの翼の根元に触れた。イシュカはびくんと全身を震わせた。そこを優しく撫でられただけで肌があやしくざわつく。

「リティ、やめ……」

翼は天上人にとって大切な器官だ。イシュカは両親以外に触らせたことはない。

「私に触れられるのはお嫌ですか？　昔はあなたの方が触ってくれたのに」

「あれは、君が子供だったから」

「その頃からもう私の頭の中はあなたでいっぱいでした」

トリティの大きな手が根元から羽根の先に滑っていく。

「あっ……」

肌の表面がざわめくような感覚は経験したことのないもので、思わず肩に縋《すが》り付いた。

「五年の遊学は、私があなたに傾倒していくことを危惧《きぐ》した伯父があなたから引き離すために画策したものですが、ちょうどいいと思った。私は遊学を通じてあなたの右腕になるための勉強をし、そしてあなたへの想いも吹っ切ろうと思った。でも、忘れられなかった。離れてもあなたへの想いは育つ一方だった。あなたに追い付きたい、あなたに認めてもらいたい。あなたに触れたい。あなたが欲しい。あなたを私だけのものにしてしまいたい」

「リティ！」

イシュカは叫び、トリティを睨み上げた。

「私は……。リティには王妃を迎え、子供を儲けて欲しい」

「ええわかっています。私とあなたの立場では絶対に叶わぬ恋だ。あなたか、私か。どちらかはこの天上界のために王妃を娶《めと》り、子供を儲けなければならない。だから一生、この気持ちは封印しようと思っていた」

トリティの悲痛な叫びにイシュカは喉を詰めた。

「でもあなたを思った以上に早く失うと知って、我慢がきかなくなった」

「それは……」

トリティは泣きそうな顔で目を細めた。

「私は知っています。あなたが本当は立派な翼王になるのではなく、穏やかな生活を望まれていたことを。先ほど成人したらこの島で隠居する予定だったと仰いましたが、そうではなく、ずっとここで静かに暮らしたかったのでしょう？」

見通されていて、イシュカは絶句した。

「あなたはもともと虫も殺せないような優しく繊細な人だ。だが、翼王は妖獣と戦わなければならない。政治でも非情な決断が必要な場面もある」

「……」

「先ほどアルパカに囲まれて笑っておられた姿を見て確信しました。王城はあなたにとって窮屈で息苦しい場所だ」

図星を指されてイシュカは歯を食い縛った。

「私は、立派な翼王になると……」

たった今、約束をしたではないか。

「そう望まれるならそれでいい。ただ知って欲しかったのです。私はあなたの幸せを一番に望んでいる。あなたの願いを全身全霊で叶えて差し上げる」

ふっと掻き抱く腕の力が緩んだ。身体を離され、優しい表情が見下ろしてくる。

「それを忘れないで下さい。そしてこれからはどうか私を頼って下さい」

「……君は年下だ。年下に頼るなんて」

「でもあなたよりも頑丈だし、背も高くなりました。翼は同じくらいですが」

トリティの眼差しは愛しさに満ちている。

「私は君にそんな風に思ってもらえるような人間では……」

「あなたは魅力的です」

同じ言葉を何度もらっただろう。

トリティが手を取ってくる。指先に口付けられる。

「あ……っ」

「大丈夫です。これは今日この場だけの話です。二度と口にしません」

トリティは名残惜《なごりお》しそうに手を離す。その切なく穏やかな表情はとても年下には見えない。

「混乱させて申し訳ありません。男に告白されるだなんて嫌だったでしょう？」

そんなことはないと言おうとするのに、言えなかった。

「でも私が先ほど言ったことを忘れないで下さい。私は、いついかなるときでも、あなたの幸せを願っている。私の翼王陛下」

「っ」

トリティこそ魅力的だ。立派な若者で、容姿も能力も申し分なく、血筋は最高で、次の翼王だ。そのうえでこんなことをされて、嫌な気持ちになる人間なんていないだろう。……イシュカも例外ではなかった。

トリティは言いたいことを言えてすっきりしたように息を吐き出し、イシュカから完全に身体を離して空を指差した。

「私の気持ちも話し終えました。あの辺りでお待ちしていますから」

「あ、わ、わかった」

イシュカが頷くと、トリティは翼を広げ、いつの間にか陽が傾き赤く染まっていた上空に飛び上がっていった。黒い翼は赤い空の背景に映える。イシュカはトリティの影が砂粒くらいになるまでその場を動けなかった。一人になってトリティの言葉がじわじわと心に沁みて、顔が赤くなった。きっと今の自分の顔は、夕焼けよりも赤いだろう。

胸を手で押さえると、指先に硬い感触が当たった。

「いけない。これを」

イシュカは慌てて母の墓標に向かった。小さな墓標だが、父が自ら削り出した希少な白貴石に、母と、そして、父の名が刻んである。

「父上。遅くなりましたが、約束を果たします」

イシュカは首から下げていた首飾りを外した。首飾りには仕掛けが施してあって、中の小瓶に父の遺骨が入っている。

父の二つ目の遺言だ。自分の身体の一部を母と一緒に葬って欲しいと。イシュカは葬儀のときに一部をこっそりと持ち出し、六年間、肌身離さず持っていたのだ。王墓に正しく葬られなかった翼王は神にはなれない。父はそれよりも母とともにあることを願った。父は楽園にはいない。

「母上。父上が来られましたよ」

墓標の前で屈んで穴を掘り、小瓶を埋める。楽園には行けなくとも、百年以内に同じ墓に葬られると、同じ時代、同じ場所に生まれ変わるとも言われている。

「まだ間に合うからと思って、遅くなって申し訳ありません」

いくらゆっくりと時が過ぎる天上界でも六年は待たせ過ぎたかもしれない。

「一人でここまで飛び歩ける機会がなかったのです。でも、心の底でずっと思っていた。父上と母上は同じ墓に葬られるのに、私はこの世だけでなく、死後の世界でまで一人になるのだと……」

だから、せめて翼王として立派であらねばと思ってきた。そうすれば、死後の世界でも神々に認めてもらえるのではないかと。優しいからではない。孤独に怯えているから、強迫観念から、己を犠牲《ぎせい》にしても働かざるを得なかった。

「だけど今、リティが言ってくれたんです。楽園で私に会いに来てくれると」

イシュカはしばし動きを止めた。

「彼は、私が好きだと……」

トリティの眼差しが、声が、体温が、はっきりと残っている。

「リティ」

トリティの優しさが好きだ。きらきら光る黒い瞳が好きだ。無邪気に慕ってくれるところが好きだった。すっかり格好よくなったのにファフの唾に本気で慌てて怒るような可愛らしいところも好ましい。トリティが傍にいてくれたらどれだけ心強く、幸せだろうか……。

「っ、そんなこと無理だ。彼は次の翼王だ。私が独り占めできるはずがない」

トリティだって、この場限りの話だと言ったではないか。彼の一番はこれから彼の伴侶や子供のものになっていくだろうが、心のほんの僅かな場所にでも自分を入れておいてもらえたら、それだけで充分だ。

イシュカは痛んだ胸を両手で押さえて涙を一粒だけ零し、立ち上がった。

「っ」

どんっと何かがぶつかったような重い衝撃が全身に走った。目眩《めまい》で倒れでもしたのかと思ったが違う。そして、今度は背中に衝撃が走った。

「あ、あ、あ……ぐぅっ……?」

声も出ないくらいの激痛だ。まるで腕をもがれたかのような。いや、比喩《ひゆ》ではなかった。背後に向けた目線の先で、イシュカの右の翼が根元からざっくりと失われていた。赤い血がぼたぼたと緑の野に滴《したた》る。

(襲撃者？　それとも妖獣……？)

血と同じ色に染まる空から誰かがやってきた気配はなかった。降りる前にも人や妖獣がいないかは確認した。まさかそれすらも予期し、この場所でずっとイシュカを待ち構えていたとでもいうのか。

（リティ！）

イシュカはまず上空を見た。異変を察知した黒い翼がこちらに向かってくるのが見えた。

（よかった。リティは無事だ）

視界の隅で何かが走った感覚がした。イシュカは残った左の翼をはためかせ、それを避けた。だが、目が使えない。ただでさえ目眩がしていたのに、血を大量に失っている。狭い場所では逃げ場もない。敵は崖の下か、森の中か。島中を吹き飛ばすこともできるが、父母の眠る場所にそんなことはできない。ファフ達もいる。片翼で上手くやるしかないと、飛び上がった。

「あああああーッ」

その瞬間を狙《ねら》われた。

残った片翼がめりめりと音を立てて千切れていくのがわかった。イシュカは敵を必死で振り払う。激痛が過ぎて、自分の身体がどうなっているのかもわからない。振り払えたのか、残りの翼も失ったのか。

背中が焼けるように熱い。いや、背中だけではない。熱は背中から全身に波及し、朦朧《もうろう》とする。

背後の敵を確認しようとした。灰色の狭い視界の中で黒くしなったものが見えた気がした。

（あれは、蛇……？）

直後、視界は真っ白に埋もれた。

それが《イシュカ》が覚えている全てだ。

『地上界で一番空に近い場所よ』

瞼の裏に浮かぶのは、うっとりと言葉を紡ぐ美しい女性の横顔。昼の陽に煌めく淡い金色の髪と空色の瞳。

『真っ青な空からお父様が現れたの。大きな翼を広げられて、私のところにまっすぐ舞い降りてこられたわ。そのお姿があまりにも荘厳で美しくて、私はお薬のせいで動けなかったのだけれど、すっかり見蕩《みと》れて息まで止まってしまったのよ。そうしたらお父様も私をじっと見詰めてこられて』

『私も君に一瞬で心を奪われたんだ』

同じ部屋で寛《くつろ》いでいた銀黒色の翼のある男性の言葉に、女性が微笑む。

『お父様は私を逞しい腕で抱き上げて、そのまま飛び立ったの。そして私をお父様の傍に置いて下さった。どんな辛いことがあってもお父様に出会えたから私は幸せよ』

だからと、細い指が頬を撫でる。

『あなたにも幸せになって欲しいの。あなたもきっとあなたを一番大事にしてくれる人と出会える。だって私達の子ですもの。だから、最後まで諦めないで生き抜いて』

「シス、やっぱりここにいた」

「ティカ」

帝都で一番空に近い場所にいたシスは、階下からやってきた同い年の少年に声をかけられて目を開けた。強い風が吹いて乱れた髪を慌てて押さえる。

「ごめん、お祈りの時間だったね」

「謝るくらいなら時間を守ってくれよ。毎度こんなところまで呼びに来る俺の身にもなれ」

ティカは肩でぜえぜえと息を吐いている。無理もない。シスがいたのは地上界で最も栄える帝国の王城に隣接して建つ、この世で最も高い建造物だ。

「ごめんごめん。次からは絶対忘れないから」

「もうそれ何回目だよ」

ティカはがっくりと項垂《うなだ》れる。

「はあ、でも何でこんなところが好きなんだよ。何もないじゃないか」

それに高いしと、ティカは下を覗《のぞ》き込んで身体を仰《の》け反《ぞ》らせる。

建物はシスやティカのような一部の人間だけが上ることを許された祭壇だ。四角い最上階には何もない。

「ここからの眺めが好きなんだ」

「そんなの毎日一緒だろ」

呆れた様子のティカにせっつかれてシスは階段を下りる。途中では森の中に築かれた帝都が一望できる。この辺りは年中温暖なのだが、ちょうど年に二度ある雨季が終わったところで、緑が鮮やかだ。帝都の黄土色の石造りの街並みは、太陽を浴びると緑の中でまるで黄金のように輝く。帝都が黄金の都と呼ばれ、帝国が黄金帝国と呼ばれる所以《ゆえん》だ。

帝都の中央に位置する祭壇は、切り出した石を積み上げて造られ、なだらかに傾斜した北側の側面に階段が設けられている。遠くから見たら然程《さほど》でもないが、実際に上り下りしてみると急峻《きゅうしゅん》で、手を掛けられるような場所もないため、落ちないように気を使う。

シスは並んでこわごわ歩くティカの横顔を見た。三つ編みに結われているのは自分よりは濃い金色の髪と青の瞳。地上人は黒髪や茶色の髪がほとんどだが、淡い色を持つ者がたまに生まれてくる。そういう人間は皇帝の養子となって、神職の一つである神子《みこ》になる。シスもティカも例に漏れず、子供の頃に皇帝に引き取られた。

「はあ……」

四分の三まで下ったところでやっと落ち着いたのか、ティカが溜め息を零す。

「どうかした？」

「ん。俺達、あとちょっとで神子じゃなくなるんだなあって」

「ああ」

シスは頷いた。神子の年齢上限だ。神子でいられるのは、十八歳まで。十八歳の誕生日になるとその任を解かれて、神官になったり、貴族や属国の王族と結婚したりする。

「俺、このままがいいんだけどな。一日一回のお祈りさえすれば、あとは好き勝手できるなんて最高じゃないか」

ティカの言う通り、神子は厚遇を受ける。衣食住は保証されているし、供を付ければ街にも出ていける。街では人々に敬われ、特別扱いしてもらえる。

「……でも、もし供物に選ばれたら、大変なことになるんだよ。供物がどんな目に遭うか、ティカも噂を聞いたことがあるだろう？」

シスの言葉をティカは笑い飛ばした。

「供物なんてもう百年近くも途絶えてるんだぞ。今さら選ばれることなんてあるもんか」

「正確には八十四年だ」

「お前、サボリ魔のくせに細かいことはよく覚えてるんだな」

ティカに呆れられてシスは曖昧に笑う。

神子は、天上人への供物の候補だ。だから特別扱いなのだ。淡い色を持つ者は地上界でも天上界でも希少だから天上人への供物に相応しいらしい。天上人から供物を求める通告が来ると、皇帝は神子の中から供物を一人選び出す。いつ通告が来るかはわからない。常に数十人が候補にいる中で、誰が選ばれるかもそのとき次第。選ばれなければ一生を楽に過ごせる。

「ん？　あれ、ミクト様じゃないか？」

今下りている祭壇がまさにその供物が捧げられる場所だ。階段を下りきったところで、ティカが首を傾げた。

「ミクト様？」

「やばい。これはシスのサボりがとうとう叱《しか》られるんだぞ」

地上人の最も偉大な帝国の皇帝であるミクトは、四十代の半ばだが、見た目はそれ以上に若く精力的だ。ミクトはいつも通り鍛えられた体躯を鮮やかな色の衣服に包み、階段の下でシスとティカを待っていた。

神子は全て大神官を兼ねる皇帝の養子である。名目上のもので、実際の父子のような関係を築くわけではないが、臣民のように最敬礼をとることは免除されている。

「シス。お前は来月で十八歳だったな」

厳めしい容貌のミクトはいつになく上機嫌だった。シスは不思議に思いながらも頷く。

「私は生みの親を知らない孤児なので、正確ではありませんが」

「そうか」

ミクトは頷くと、側近達を引き連れて去っていった。

「ミクト様、何だったのかな」

「さあ」

ティカの疑問にシスも首を傾げた。ただ、嫌な予感が胸に兆《きざ》した。

＊＊＊

夜中に目が覚めた。

「シス？　どうした？」

同じ部屋で眠るティカも起こしてしまったらしい。

「うん、ちょっと。喉渇《かわ》いたから水飲んでくるね」

シスはそそくさと部屋を出て、水浴び場に向かった。

神子が起居する建物は川沿いにあって、水浴び場には川から水を引き入れている。窓から月の光が入り込んでいるだけだったが、足元は何とか見える。

シスは黒々とした水面に足を浸した。気温は低くないが、さすがにひんやりする。腰を覆う下着だけの姿になって腰まで浸かっていく。下着の中でべたついていたものが洗い流された。

「ふっ……」

ゆるやかに勃起していたものも冷やされて落ち着いていく。

「また、あの夢だ」

シスは水面に向かって独り言を零した。揺れる黒い水面は月の光を弾いている。漆黒に、星を散らしたように。

「リティ」

夢に出てきた人物だ。リティ、正しくはトリティ。

神子でもなく、帝都の人間でもなく、地上人ですらない。黒い翼の天上人だ。しかも本当に存在しているのかも定かではない。でも、時折、シスの夢に出てきては、シスを抱き締め、愛していると囁《ささや》き、淫《みだ》らなことをしていく。

幼い頃から彼の夢を見たことは何度もあったが、それが淫らなものに変わった日は覚えている。地上界では男性同士で結婚する風習がある。特に皇族や貴族では、側妃《そくひ》として男性を娶ることが社会的な地位の高さを示すものとされていた。神子は淡い色をしていて見目麗しい者が多いため、側妃として求められやすい。そして男同士で結婚してどうするのかをティカが手に入れてきた人形を使って披露してくれた日だ。

『女にはそのための孔《あな》があるけど、男同士の場合は尻の孔にさ、男のものを入れて、女とするみたいにするんだって』

ティカが見せてくれたのは親指ほどの大きさの木彫りの人形だった。いずれも男女、あるいは、男同士の二人が身体を絡ませ合っている。男女の交合は知識として知っていたが、男同士でも同じようにできるとは衝撃だった。

そのときは考えてぞっとするだけだったのに、その夜、初めてあの淫らな夢を見た。シスの頭の中にだけ存在している天上人に抱き締められ、口付けられ、身体中をまさぐられる。身体をぴったりと重ねられて揺さぶられて……多分、繋がっていたのだろう……その末に果てた。そして朝、現実でも夢と同じように果てていたことを知った。

ざぶざぶと水を掻き分けて上がる。地面にぼたぼたと黒い染みができた。さすがに冷たくて身体が震える。でもこれくらいでちょうどいい。

（ごめんなさい）

夢を見る度に罪悪感が募る。何故なら、夢の人物はきっと実在する人物だからだ。

シスには自分以外の人生の記憶がある。イシュカという名で、天上界で地上人との混血として生まれ、しかも天上人の王だった。その記憶は王となって五年目、何者かに襲われて雲海に落ちていくところで終わっている。

シスは両親を知らない。赤ん坊のときに捨てられた。帝国ではよくある話だ。神子になるときにどうせ縁を切らされるから、早い方がいいと。孤児院で五歳まで過ごし、五歳で神子になった。その頃からぼんやりと天上人の頃の記憶が蘇《よみがえ》り始めた。最初は混乱した。だが、神子として、帝国の歴史を学ぶうちに、蘇った記憶と帝国の歴史とが一致することに気付いた。特に、前回の供物となった神子の名前は、記憶の中の母の名前と一致していた。

記憶は、前世なのではないかと気付いた。年から計算すると、シスはちょうど、前世で死んだ直後に、地上界に生まれていることになった。前世の自分は、父母の眠るあの島で襲撃を受けて死に、きっと雲海に落ちたのだ。

濡れた服の裾を絞ると、衣服に染みた水はもう温くなり始めていた。地上界は夜でも暖かい。天上界との気温差は、二つの世界の隔たりを表しているようだ。

天上界の雲海の中は世界の境界だ。地上界の空に繋がっている場所以外は、どこに繋がっているかもわからない。落ちたら戻れない。雲海に落ちたなら、遺体の回収も不可能だ。王墓にも葬られない。行き先が楽園でなかったのはそれで理由が付く。

(でも……)

建物の外に出る。丸い月は皓々《こうこう》としている。月の満ちて欠けていく様は、よく魂《たましい》の巡りにたとえられる。生まれたときが新月で、やがて満ちていき、満月が死で、そしてまた全て欠けることによって生まれ変わる。

(百年かかるはずなのに)

百年かけて、満ちたもの、つまり前世のしがらみを全て失って、やっと生まれ変わると言われているのに、シスは何故か死んですぐに生まれ変わった。記憶が残っているのはそのせいかもしれない。

(前世のことは忘れなきゃいけない)

シスは自分にそれを課している。

覚えていてもどうにもならない。神子は供物に選ばれれば、天上界に連れていかれるが、供物を用いた生け贄の制度は自分が終わらせた。記憶が本当に前世なら、供物が求められることは絶対にない。

(天上界は、僕とは一生無縁の世界だ)

行くこともできない世界について思い悩んでも仕方ない。

（リティ、どうしているだろう）

それなのにどうしてもトリティのことを考えてしまう。

晩年のイシュカは体調も悪かったし油断したが、翼王として充分な力を持つ者なら一頭の妖獣に遅れをとったりしない。時折、イシュカの死後のことを考える。トリティが戻ってきて、妖獣を退治する。イシュカが雲海に落ちたことに気付いて嘆く。でも彼は悲しみから立ち直って翼王になる。優秀な彼は、前世の自分なんか比べものにならないくらい立派に天上界を治めていく。

地上人のシスの人生は平和だった。両親を知らず、神子という特異な立場にはなったものの、友人や仲間と、のびのびと生きてこられた。

重責も、期待も、この身には何もない。飛べる翼はなくても、心は軽やかだった。

この人生は前世で自分が望んだそのものだ。トリティのことさえ忘れたら穏やかに幸せに暮らしていけるのに。彼は忘れるなとでも言うように夢に現れる。

＊＊＊

「ほら、ちゃんと髪を拭かないと駄目だろう」

お祈りの前は沐浴《もくよく》だ。シスは濡れ鼠《ねずみ》で逃げ回る少年の神子を掴まえると、自分の前に座らせて頭に手拭いを被せた。ぽんぽんと水気を拭ってやっていると、水浴びを終えたばかりの女の子が寄ってきた。

「シス、私もやって」

「おい、俺もいるんだけどな」

「ティカは乱暴だから嫌！　シスがいいの！」

「この野郎……！」

ティカは怒ったふりをして女の子の髪をわしわしと拭きだした。拭かれる方も「いやー」と叫びながら笑っている。いつもの光景だ。

神子は数十人いて、互いが互いの世話をする。一番幼い者は一番年長者が面倒を見ることになっている。

「シス、もういい？」

「ん？　もうちょっと。ちゃんと乾かさないと。風邪をひくよ」

「今日は暑いから風邪なんてひかないよ！」

シスに拭かれている少年が訴える。

「それでも。油断は禁物」

確かにこれくらいの湿り気ならすぐに乾くだろう。でもシスはきっちり乾かしてから少年を解放してやった。隣ではティカが、もう自分でやるからいいと少女に言われてしまっている。

「そろそろ陽が傾いてきたな。祈祷所《きとうしょ》に行こう」

空を見上げたティカに言われてシスも子供達を連れて水浴び場から祭壇の横にある祈祷所に移動する。

「腹減った。今日は夕飯何かな」

神子全員での祈りを終えると、ティカが腹をさすりだした。「ティカの食いしん坊」と小さい神子達が囃《はや》し立て、ティカが「何だとー」と、追いかけ回しながら祈祷所を出る。

「あれ？　またミクト様だ」

祈祷所の入り口でミクトがシス達を待ち構えていた。昨日とは違い、隣に神官長が立っていてにこやかな表情を浮かべている。

「シス、おいで」

少年と少女に食堂に行くようにと促すと、シスは神官長に言われた通りにミクトと神官長の前に移動した。その後ろをティカも付いてくる。

「ティカも先に食堂に行ってきたら？」

「んー。俺もいたい。何か気になるし。駄目ですか？」

「構わない」

ミクトが頷き、神官長も頷いた。

「シス、十八歳になったらお前を私の側妃にする」

「側妃？」

「お前は偉大なる皇帝陛下に望まれたのだよ」

神官長は皺《しわ》に埋もれた顔をもっと皺くちゃにして喜んでいた。

「うひゃあ！　シス、やったじゃないか！」

ティカが歓声を上げ、シスの背中をばんばん叩く。

神子の資格を失ったあとの身の振り方として、皇帝の側妃は羨望《せんぼう》の的《まと》だ。神子のとき以上に贅沢《ぜいたく》な生活が約束されるのだから。

「ミクト様。僕は、神官に、なろうと思っていて……」

貴族や王族から来た縁談が意に染まなければ、養父たる皇帝に相談すれば、断ってもらえる。

だが、皇帝からの縁談を断る手段はない。

「シス、何を言ってるんだよ！」

「拒否は認めない。これは決定事項だ」

ティカが慌て、ミクトがはっきりと告げた。

シスは藁《わら》に縋るような思いでミクトを見上げる。ミクトは口角を吊り上げ、シスの顔と身体をぎょろりとした瞳で見ていた。その視線に鳥肌が立った。以前からミクトはシスに性的な興味を持っているのではと思うことがあった。それは勘違いではなかったのだ。

（嫌だ）

強烈に思った。好きでも何でもない男に組み敷かれるなんて。何度か触れてきた、温く湿った手の感触を思い出してぞっとする。シスは他人に触れられるのが小さい頃から苦手だった。特に体格のよい男性に対して身構えてしまうのだ。

十八歳になったら神官になって、寿命が来るまで平穏に暮らしていくのだと信じていた。

（リティ以外に触れられるなんて嫌だ）

前世で唯一イシュカを慕ってくれた年下の少年。イシュカを好きだと言ってくれた唯一の人。記憶の中で彼はイシュカを愛していると告白してくれた。

告白を受けるまで、鈍いことに、トリティの気持ちにまったく気付いていなかった。でもあとから考えてみれば、イシュカに触れられると頬を紅潮させ、微笑みかけると嬉しそうにしていた。あの行動も、あの表情も……。全部、自分を恋慕してのことだったのだ。

そして、夢の中で何度もトリティの腕に抱かれた自分。罪悪感を覚えながら、夢で抱かれると幸せを感じる自分。身体中をまさぐられて、心地よかった。忘れなければならないと思うのに、もっと触れて欲しいと願ってしまった。目覚めてべっとりと汚れた下肢に毎回絶望した。

（ああ、そうか）

シスは唐突に自覚した。トリティが夢に出てきて忘れるなと警告しに来たのではない。自分が忘れたくなかっただけだ。いつの間にか自分のトリティへの想いも性的な欲求を伴うようなものになっていたのだ。それはもう恋と呼ぶべきものだ。

（リティ、今、会いたい。会って抱き締めて、この現実は悪い夢だと言って欲しい）

そうであればいいのに。恋だと自覚した途端、トリティに抱き締められたあのときを思い出しただけで身体が熱くなり、鼓動が早鐘を打つ。

「ほう、まんざらではないようだな。これは楽しみだ」

ミクトの言葉がシスの熱を冷ます。

そうだ、相手はトリティではない、ミクトだ。断れない。逃げることもできない。神子のシスの人生はシスのものではない。前世でいつも感じていた窮屈さがシスを襲う。

（どうして、生まれ変わってまでリティに恋をしてしまったのだろう。全部忘れていれば楽だったのに。想いが叶うどころか、会うこともできないのに）

シスは涙を押し殺し、拳を握り締めた。

「いっそ今からでも私の部屋に来るか？」

「えっ？」

言われた次の瞬間にはミクトの腕が伸びてきていた。

「ミクト様！」

腕の中に囲い、顎を捉えて上向かせる。

「本当に美しい」

「や、やめて下さい！」

掴んでくる手の力が怖かった。触れる体温もじっとり湿っていて吐き気が込み上げてくる。

「そう言うな。私を受け入れたら最高の贅沢を許してやろう。だが、逃げ出しでもしたら、わかるな？」

シスは唇を噛み締める。逃げ出したい、でも逃げる先なんてない。神子の証である淡い色はどこに行っても目立つ。ミクトがその気になれば地上界のどんな辺境でも探し当てられる。

「あれは、何だ？」

受け入れるのしかないのかと絶望したそのときだった。ミクトの連れていた側近の一人が空を見上げる。

今日も寄った祭壇の、さらに上空に、大きな鳥が出現していた。傾きかけた太陽を背負っているので正確な色ではないだろうが、灰色の翼のように見える。

「天上人……」

シスの唇からその単語が零れ出た。それに全員が反応した。

「天上人？　まさか！」

「でも鳥にしては大きいぞ」

シスの脳裏に、鮮やかに蘇ったのは、黒い翼の天上人だった。星を散りばめた夜空のような翼に、同じ色の瞳。

『あなたが好きです。愛している』

二度と関わることがないと思っていた世界が、今、目の前で繋がっていた。

地上の動揺を意にも介さず、天上人は、青空を何度か旋回すると、祭壇の頂上に向かって矢を放った。

祭壇に放たれた矢は、供物の要求。ちょうど三日後に、天上人は矢を放った祭壇に供物を迎えに来る。

＊＊＊

「シス、やだよ。行くなよ」

シスの衣装が調《ととの》えられていく隣でティカが泣いている。

手伝ってくれている女性の神官達の顔は青ざめている。時折、あれが天上人、本当にいたんだ、と潜めた声で話をしている。久しぶりに現れた天上人を人々は畏怖していた。供物が捧げられるまでは、人々は家に籠もり、天に祈りを捧げるのが習わしだ。森の中の黄金の都はいつもの喧騒《けんそう》を失い、ひっそりとしていた。

「俺、天上人なんて本当はいないんじゃないかって思ってた」

ティカがそう考えたのも無理はない。天上人は、この数百年では、供物を受け取るときしか訪れていない。その供物の要求すら八十四年前を最後に途絶えている。供物候補の神子達自身ですら、自分の代で供物が求められることはないと思っていたはずだ。

「いきなり現れて、シスを連れていくなんてあんまりだ」

供物に選ばれたのはシスだった。でも、ティカの方が泣いている。

「ティカ。もう泣くなって。仕方ないだろ」

「何でお前はそんなに冷静なんだよ！」

顔を涙と鼻水でぐしゃぐしゃにしたティカの言葉にシスは困った。

「だって……。誰かは選ばれるんだ。僕が選ばれたんだから仕方ないだろ」

ティカを宥めながらシスはそうじゃないと思っていた。

もし、他の誰かが選ばれたらシスはその誰かを押し退けてでも自分が供物になるように画策しただろう。

（どうして、供物が要求される？）

シスの中にある疑問は、何故自分が選ばれたのか、ではない。白い布に金の飾り付けを施した衣装を着せられ、顔に白粉《おしろい》で供物として聖別される印である模様を描かれながら考える。

（生け贄の儀式は撤廃したはずだ。リティも賛成してくれていたのに、どうして？）

地上界では知ることもできないが、自分が死んだなら、次の翼王はトリティしかいない。ではトリティが生け贄の儀式を望んだのか。まさか、トリティに何かあったのでは。いや、そんなはずはないと悪い考えを振り払う。

どちらにしても真実を知るには、自分が供物となって天上界に行く他なかった。ずっと一緒に暮らしてきた仲間達が供物になることも我慢できなかった。前世の母は運良く父に見初められたが、本来なら残忍な方法で殺される。生け贄の儀式が再開されたとすれば、翼王だった自分の責任でもある。地上人達を巻き込むわけにはいかない。

（それに、リティに……会える）

天上界への道が開かれ、記憶が事実だと確信した瞬間から、シスはひと目でいいからトリティに会いたくてたまらない。関係ないと忘れようとしていたのに、会えるのではと思った途端に我慢できない。現金な自分を軽蔑する。

（元気でいるだろうか。笑っているだろうか）

自分は前世の母のような自己犠牲的な思いではなく、個人的な願望で天上界に行くのだ。悲しんでもらえる資格なんてない。

「さあできましたよ」

身支度をしてくれていた神官達がシスを立たせる。水鏡に自分を映すと、顔に描かれた白い模様のお陰で容貌がわかりにくくなっている。この模様は、俗世に還れぬ者の聖別の印だ。

（これだと、気付いてもらえるだろうか）

自分の顔は、記憶のことと同じで不思議だが、昔とまったく同じだ。

（顔が同じなら、イシュカの生まれ変わりだと信じてもらえるだろうか。リティと話をさせて

もらえるだろうか）

供物を受け取りに来るのは翼王かその側近だ。矢を放ってきたのは翼の大きさからしてトリティではないように見えたので、迎えに来るのもきっと同じ人物だろう。ただ、儀式は必ず翼王が臨席することになっている。少なくともそのときには会える。

「シス。用意はできたか」

考えに耽《ふけ》っていると、ミクトがシスを迎えに来た。

「ミクト様！」

真っ先に反応したのはティカだった。

「お願いです。シスを連れていかないで下さい。俺、お祈りもちゃんと真面目にするし、ご飯のお代わりも我慢するから！」

ミクトの腕に涙やら色んなものを付けながら縋って懇願《こんがん》する友人に、シスは吹き出した。

「シス？　何で笑うんだよ！」

「ティカが僕のために必死になってくれてるのが嬉しくて」

ティカだけではない。神子仲間達は皆、シスが供物に選ばれたことを悲しんでくれた。小さな神子達はティカと同じようにわんわん泣いて行かないでと言ってくれた。今世でシスは周囲に恵まれた。優しい人達に囲まれて、健やかに生きてくることができた。

「はあ？　何言ってるんだよ！」

「ティカ。誰かが行かなきゃいけないんだ。僕はそれが君じゃなくてよかったって、心から思ってる」

供物になることを受け入れたのは決して自己犠牲心ではない。でも、それも本心だ。シスはぐちゃぐちゃで真っ赤な顔をしたティカの両肩を叩き、抱き締めた。自分と同じくらいの体格のティカの体温は泣いたせいか熱くなっている。愛おしいなと思った。でも、トリティに抱き締められたときのようにドキドキはしない。

「ティカ。今までありがとう」

やっぱり、生け贄の儀式はやめさせなければいけない。生け贄当人だけではなく、親しい人達も悲しませる。

トリティに会って話して、もう一度説得して、今度こそ終わらせる。一介の地上人であれば取り合ってもらえないかもしれないが、シスには前世という武器がある。前翼王の言うことであれば、話くらいはさせてもらえるはずだ。供物に選ばれた瞬間から、そう決意している。ティカを慰めていると、これが自分が生まれ変わった理由だとさえ思えてきた。

「ううう、シス、行くなよ。行かないで」

ティカの背中をぽんぽん叩くと、ティカはもっと泣きだした。嫌だ嫌だと訴えるティカが離してくれないものだから、とうとうティカは兵士に無理やり引き摺られていってしまった。シスは苦笑し、自分の眦《まなじり》の熱いものには気付かないふりをしてミクトの前に両膝《りょうひざ》をつき、跪く。

「ミクト様。これまで育てていただき、ありがとうございました」

「ああ」

ミクトは苦々しい顔でティカに汚された服を綺麗にさせてから、シスに真剣な顔で告げてきた。

「いいか、シス。天上人には絶対に逆らうなよ。そしてお前を捧げたのはこの地上界で最も偉大なる黄金帝国の皇帝であり、天上人の忠実なる僕《しもべ》であるミクトだと必ず伝えるのだ」

地上界では敵なしの皇帝も天上人相手では卑屈《ひくつ》になってしまう。

「わかっています。立派に務《つと》めを果たしてみますから」

「お前は神子の中で最も優秀だった。美しくて賢い。だからこそお前を選ばざるを得なかった」

ミクトは眉間《みけん》を揉《も》み込みながら告げてきた。せめてあと一ヶ月後なら、という呟《つぶや》きをシスは聞かなかったことにした。私欲を優先させなかったのだ。人の上に立つ皇帝としては悪くない人物であるのだ。

「お言葉、嬉しく思います」

それに対して、前世の自分は王としての責務を果たせていたとは到底言えない。何をするにしてもいつも大臣達の横槍が入って頓挫《とんざ》する。ケル以外に頼れる者がおらず、妖獣討伐もあって、必要な裁可も遅れ気味で、文官達には迷惑をかけていた。それればかりか、今世では関係ないからと、地上界でのうのうと暮らしてきた。

ミクトに先導されて、シスを囲った一行は地上界で最も高い場所へと向かう。シスが毎日のように天上界を思って訪れていた場所だ。二度と踏み入ることがないと思っていた空の彼方。何もなければシスはこのまま地上人として成長し、老いて、最期《さいご》を迎えただろう。ミクトの側妃に迎え入れられ、でもきっと辛いのは数年だけだ。年を取れば飽きられて、あとは穏やかに生きていけたに違いない。

半ばまで上ったところでふと足を止め、地上を見下ろすと、黄金の都は森閑《しんかん》としていた。聞こえてくるのは遠くの森で鳥が飛び立つ音や、大河の流れが岩にぶつかる水音ぐらいだ。こんなに静かな地上界を、シスは初めて体験した。天上人は風の乏しい地上界を不毛の土地だと嫌うが、地上界には地上界のよさがある。シスは再び階段を上り始める。

最上階まで到着すると、背後から付いてきた神官の一人が煙管《キセル》に火をつけ、シスに持ってきた。

「恐怖を和らげる薬だ。煙を吸いなさい」

シスは断ろうとして、やめた。息を止めて煙管から吐き出された煙を吸うふりをする。胸焼けするくらい甘ったるい匂いがした。

薬の効果は恐怖を和らげるだけではない。薬には身体を痺れさせる作用があったと、前世の母が言っていた。生け贄の逃亡を妨げるためだ。服用しなければ逃げるつもりではないかと心配されてしまうだろう。

母子二代にわたって生け贄になったと言ったら、人々はどんな顔をするのだろう。シスはこっそりと笑った。

「ではシス。役目を果たしなさい」

ミクトは三日間、祭壇に突き刺さったままだった矢を引き抜き、シスに渡してきた。供物の印だ。シスは頭を深く下げて眼下の矢を見詰めた。黒い風切羽《かざきりば》の矢だった。トリティの色だ。

全ての準備を終えてミクトと神官達は階段を下りていく。

シスは祭壇の最上階の中央に敷かれた赤い絨毯《じゅうたん》の上に座り込み、矢を足元に置いた。見上げた空の青は天上界よりも少しだけ薄い。でも、背中の翼を広げ、飛び上がったらどんなに気持ちがいいだろう。だが今のシスは無翼人だ。飛ぶための翼は持っていない。

「来た……」

やがて、どこまでも晴れ渡る空に、黒い粒のようなものが現れた。それはぐんぐんと近付いてきて、翼を持った男性だとわかった。

天上人はシスの見上げる空中で翼を広げて止まった。翼だけではなくはためく衣装まで黒で纏められていて、青空に浮かぶ姿は少し異様だ。でも、見蕩れてしまう。

（リティ……！）

煌めきを帯びた漆黒の翼。紐《ひも》で纏められた艶やかな黒髪と意志の強そうな黒い瞳。何より面影がある。シスの記憶のトリティは凛々しい若者だったが、目の前のトリティは雄々《おお》しい男性に成長していた。前世の父王にも優る圧倒的な威厳を備えている。

秀でた額《ひたい》には、見覚えのある金細工が飾られていた。翼王を示す冠《かんむり》だ。トリティが翼王に即位した証だった。イシュカには大きさが合わず、普段は仕舞っていたが、トリティにはちょうどよく、そして黒髪に映える。

（ああ、本当にあれは、前世だったのだ）

シスの胸が、眦が、熱くなる。

前世に違いないと思いつつ、天上界に行って確かめることもできない記憶を、自分の妄想ではないかと思ったことも数限りない。でも、やはり現実だったのだと、たった今、シスは確信した。途端に、覚えている記憶が脳裏にいくつも閃《ひらめ》き、トリティへの気持ちまでもが当時の想いに近付いていく。トリティ、リティ。唯一、自分を慕ってくれた、可愛い……。

「リ……」

「似ている」

呼びかけようとしたシスを、トリティの困惑した表情が止めた。シスは慌てて頭を下げた。

シスの予定では、このまま天上界に連れていってもらい、そこで翼王に会わせて欲しいと頼むはずだった。まさか当人が迎えに来るとは思ってもみなかった。トリティが迎えに来たということは、トリティが生け贄の儀式を決めたのか。何故、どうして。イシュカとの約束を破ってまで決行するということは、何か事情があるのか、もしかして昔とは変わってしまったのか。

ばさりと翼が起こす風が辺りに吹いて、シスの頭上に影が差した。

「あ……」

次善を考え付く前に、伸びてきた手に顎を掬《すく》われる。触れた指が熱くて、その温度が昔と同じで、シスは込み上げてくるものを抑えるように唇を噛んだ。

「こんなことが」

トリティの声は記憶よりも低く男らしいものになっていたが、少し震えているようだった。まさかと吐息で囁き、シスの容貌を凝視する。シスは耐えかねて、顎を掬われた格好のまま小さく頭を振った。覚えてくれていた。それだけで喜びに打ち震えてしまった。

「すまない」

トリティが手を離し、少し後退《あとずさ》ったシスに謝ってくる。

「怖がらなくていい。……喋《しゃべ》られるか？」

上手く勘違いしてくれたらしい。シスが小さく頷くと、トリティが黒い瞳を細める。

「名前は？」

「シス、と、申します」

シスは再び頭を下げ、質問に答える。

「いくつだ？」

「十七歳です」

「十七……。ああ、地上人は、十八歳で成人だったか」

天上人は成人するのに五十から六十年ほどかかる。十七歳は家の外に出してももらえない幼児だ。

「イシュカ……いや、サハナという名前に聞き覚えは？」

シスは頭を下げたまま酷く狼狽《ろうばい》した。サハナは前世の母の名だ。

「……八十四年前に、供物に選ばれた神子でしょうか？」

「それだけか？　血の繋がりは？」

シスは得心して、頭を横に振った。生まれ変わりではなく、血縁関係を疑われたのだ。当たり前だ。生まれ変わりはあるとは言われているが、前世の記憶を引き継いで生まれてきたなんて話は聞いたことがないし、魂の器の肉体は変わるのにまったく同じ容姿なのもおかしい。それより血縁者の可能性の方が現実的だ。

「本当に？」

シスは頷いた。

「淡い色で生まれ付く者の両親はほとんどが淡い色の持ち主ではありません。ですが、先祖に

は必ず淡い色の者がいると言われているので、まったくの他人とは言えないかもしれませんが」

「……そうか」

シスの説明にトリティは嘆息した。

「……地上界は住みよいか？」

「え？　あ、はい。とても」

突然、思いも寄らないことを聞かれて、シスは答えた。トリティの黒い目が切なげに細められる。

「本当に？　困りごとはないか？」

「な、何も。不自由一つない生活をさせてもらえましたし、友人にも恵まれました」

祭壇の下で今も泣いているのだろうティカが頭を過る。

トリティは無言になる。

何を考えているのだろう。イシュカとシスとの繋がりを考えているのだろうか。

しばらくしてトリティは小さく息を吐き出した。

「生け贄を要求したのは手違いだ」

「手違い……？」

「そうだ。生け贄、ああ、お前達は供物と呼ぶのだったな。供物はもう必要ない。今後、我らから供物の要求があっても無視して構わない。それを伝えに来ただけだ」

トリティはイシュカの遺思を継いでいてくれたのだ。その事実がシスの胸を熱くする。それなのに何故か気持ちが晴れない。手放しで喜べないのは何故なのか。

「二度と生け贄は要求しないが、例えば妖獣のような地上人の手に負えないようなことがあれば力を貸す。そのときはこの祭壇で火を焚《た》け。煙は二界の境界を超え、天上界にまで届くだろう」

だからとトリティは続けた。

「お前は地上界で、幸せに暮らせ」

「幸せ……」

その言葉はシスの胸に重くのしかかった。

前世で自分が一番望んでいたものだ。翼王の重圧からも義務からも奇異の目からも逃れて、平和に暮らす。今世の自分も平穏に生きることを望んできた。

「ま、待って下さい！」

シスは思わず声を上げていた。

シスから距離を取り、翼を広げて飛び立とうとしていたトリティが再び翼を畳む。

「何だ？」

「僕を、連れていって下さい」

自分でも何を言っているかわからなかった。

「何を言っている？」

「僕は供物です。あなた方に捧げられるために聖別されたものです。地上に戻ることはできない」

「必要ないと言ったはずだ」

「それでも連れていって下さい」

繰り返して、シスは悟った。

いくら平和に暮らせても、地上界にはトリティがいないのだ。心許せる友達がいても、人々が優しくしてくれても、トリティがいない。

気付いた瞬間に、満たされていたと思った人生に、ぽっかりと穴が空いた。急にこれまでの十八年弱の人生が虚《むな》しく思えてきた。

自分はイシュカだ。イシュカの生まれ変わりだ。そう口にしてしまいそうになっている自分に気付き、自分を諫《いさ》めた。

それを言って何になるというのか。

生け贄の要求が手違いであった以上、前翼王の生まれ変わりなのだと告白する意味はなくなった。

生まれ変わりなど、トリティを困惑させるだけだ。それとも今さらトリティに自分も好きなのだと告げるつもりか。前世でも叶わない恋だったのに、翼王と男の地上人など釣り合うわけがない。トリティは翼王として子を生す必要がある。いや、十八年も経ったのだ。もう王妃を迎え、子供がいる可能性だってある。

「あ……」

思い当たった瞬間、シスはトリティの黒髪の合間に隠れていた羽根の耳飾りを見付けた。羽根の耳飾りは、伴侶を持つ天上人の証だ。相手の羽毛を樹脂で固めて金具を取り付け、耳朶《じだ》を穿《うが》つ。

（茶色……）

トリティの耳飾りは綺麗な茶色をしていた。

シスの目の前が真っ暗になった。

トリティは王妃を迎えたのか。自分はずっと記憶の中のトリティに恋い焦《こ》がれていたが、トリティは違ったのだ。無理もないではないか。自分は死んだのだから。生きていても結ばれないのに、死んだ人間をいつまでも想うなんて、してはいけない。

「天上界には生け贄の犠牲が必要だと言い張る者達がいる。お前を連れていけば、そういう輩《やから》に狙われるだけだ。諦めろ」

衝撃に喘ぎそうになるシスに、トリティは強く諭《さと》し、再び翼を広げた。

「あっ」

そのままシスを振り向くことなく、空へと飛び立っていった。

シスはしばらく動けなかった。

「は……」

涙が溢《あふ》れてきた。止めようと思っても止められない。身体を丸め、嗚咽をこらえる。顔の模様の白が涙で流れて、赤い絨毯に白い汚れが点々と散る。とてもみっともなく思えたが、止まらない。手の甲で、掌《てのひら》で何度も何度も顔を拭った。

「情けない」

やっと涙が止まって出てきたのはそんな言葉だった。

トリティはイシュカの遺志を引き継いでくれていた。それどころか、イシュカが考えも及ばなかった地上界の今後のことまで考えてくれた。それなのに自分は我が儘《わがまま》を言って困らせてしまった。

(もう少しだけ、リティといたかったから……)

前世は弱く役に立たなかった。今世は何て強欲なのだろう。自分に呆れる。

気を取り直そうと努力しながらのろのろと立ち上がる。

要求が手違いというのだけは気がかりだ。翼王であるトリティと反目する者がいるのか。オリエラだろうか、それとも別の……。

いいや、と、シスは唇を噛み締めた。今度こそ完全に天上界との縁は切れた。いくら自分が考えたところで、真実を知る日は来ない。

空を見上げる。トリティの影も形もなかった。

（ほんの少しでも、会えてよかったじゃないか）

トリティが王妃を迎え、子供を儲け、長く天上界を統治してくれることを前世のイシュカは望んでいたはずだ。

見蕩れるほど立派な翼王に成長した姿を胸に刻み、シスは歩きだす。トリティの言葉をミクト達に伝えなければいけない。泣き過ぎたせいか、ふらつく足取りで階段に向かった。

「どういうことだ」

しばらく下りていった先の小さな踊り場にはミクトと兵士が待ち構えていた。

「ミクト様」

「シス。どうして生きて帰ってきた？」

「ミクト様。天上人はもう二度と供物を要求しないのだと伝えに来られたのです」

「馬鹿な、あり得ない！」

ミクトは叫んだ。

「そもそも痺れ薬を吸わせたのに、どうしてお前は動ける？　一体、天上人とどんな取引をしたんだ」

「僕は何もしていません」

シスは怯えた。ミクトの形相が見たことのない恐ろしいものになっている。兵士達も青ざめた顔でシスを見上げていた。

「シス。お前は天上人に捧げられたのだ。地上に戻ることは許さない。祭壇に戻りなさい」

ミクトの言葉に兵士達が槍を向けてきた。シスは一歩、二歩と階段を上りながら端に追い詰められていく。

「ミクト様、信じて下さい。もしまた供物が必要になれば僕を選んでくれて構いませんから」

「シス、できないのだ。天上人に供物として捧げられた者を生きて返すわけにはいかない。たとえお前の言うことが本当だったとしても、お前が生きて戻りさえしなければ、この祭壇で天上人に命を捧げたのだと言い訳も立つ。だがお前が戻れば、そうもいかない。天上人の気に入らない供物を捧げたなど、他国に知られれば、我が帝国の存続に関わる」

ミクトの瞳が爛爛《らんらん》としている。

「帝国の存続……？」

シスにはミクトの言葉が理解できなかった。神子として慈しまれたはずだ。他の神子候補と穏やかで満ち足りた日々を過ごしてきた。それは地上界が天上人の庇護下で安寧《あんねい》とするためのはずだ。何故、帝国の存続などが出てくるのか。

「そうだ。我が黄金帝国は、天上人へ供物を差し出すことで、地上界で絶対の存在となった。そして、神子は全て皇帝の養子だ。我が子同然に可愛がってきた神子を捧げる皇帝に民は感謝し、天上人の守護を得た我が国に他国は隷属《れいぞく》する」

「そんな、こと……」

「もし天上人が本当に供物をいらないと言ったのだとしても、お前は私のためこの帝国のために供物として死なねばならない」

ミクトの言っていることは天上界で生け贄の儀式の撤廃に反対した大臣達と同じだ。地上人の一人の命は伝統や威信よりも軽い。よりにもよって地上人の皇帝がそれを言うのだ。

「どうしてもお前が戻ると言うなら我らはもう一度天上人が気に入るような供物を選び直さねばならない。そうだな、お前と仲のよかったティカといったか。お前が駄目なら、あのような跳ねっ返りの方がよいかもな」

「やめて下さい！　ティカは関係ない！」

地上人は、優しいだけではなかった。強《したた》かで、残酷な一面も持ち合わせている。

「ティカが駄目ならティカを殺してその次だ。天上人が受け取りに来るまで供物を捧げ続ける。神子はそのために生かされているのだから」

神子という立場が本当は恐ろしいものだとシスは思い知った。天上人よりか弱く、互いを労《いたわ》り生きていると思っていた地上人も、結局は同じ人間だった。

「いい加減、大人しく戻れ！」

焦れた兵士から、槍が一本突き出された。

「っ」

シスはそれを避けた。避けた弾みで、足下が崩れる。

あっ、と思ったときには中空に放り出されていた。建物は階段の設けられた場所以外は垂直に切り立っている。

シスは、まっさかさまに、堕《お》ちた。

身体は空を向いた。天上界よりは薄いが真っ青だ。

ああ、次に生まれ変わったら、さすがに記憶は引き継げないだろうなと思った。地上人の最後も落ちて終わるなんて酷い偶然だ。

でも……。最後にトリティに出会えてよかった。

できるならもっと話をしたかった。前世で唯一、イシュカを慕ってくれた、可愛いリティ。

「あ……」

空に黒い豆粒が見えた。それがぐんぐんと近付いてくる。落下速度が遅くなる。目を瞬いた直後、シスの身体は柔らかい衝撃とともに逞しい腕にしっかりと包み込まれていた。

間に合ったと、小さな声が聞こえた気がした。

「何故、お前がこんな目に遭わなければならない」

背後からした声は酷く苛立っていた。翼がはためく音が何回かすると、シスの身体は空を駆け上がり、ミクト達の前に出た。ミクトも、兵士達も、真っ青な顔をして、足場の悪い階段の上で何とか跪こうとおろおろしている。

「何故、この者を殺そうとした」

トリティの問いかけにミクトは声も出せずに尻餅を付いた。階段から転がり落ちそうになって他の兵士が慌てて掴まえる。

「答えろ！」

「お、お、おそれながら！　それはあなた方への供物として聖別されたものでございます。決して還俗できない決まりになっております」

「天上人の王、翼王の私が供物は不要だと言ってもか？」

「天上人の、王っ？」

正体を告げられてミクトは顔から色を失った。蒼白を通り越して土気色になっている。

「ぜ、前例がございません！　たとえ生きたまま戻されても、他の者の動揺が大きい。殺すか、生涯幽閉するしかありません」

ごうっと風が吹いた。祭壇の石積みの脆《もろ》い場所が崩れ、ミクトや兵士が慌てて階段に縋り付く。

「わかった。これはもらっていく。ただし、これが最後だ。二度と供物を捧げるな。そう、地上界中に広めよ」

「そ、それだけはご容赦を！　属国に攻め入られてしまう！」

ミクトは悲鳴を上げた。帝国の危機だ。

「では、今ここで私がこの都を雷で薙《な》ぎ払おうか？」

晴天の空に、突然暗雲が生まれる。雲の中でばちばちと稲光が走った。ミクトが先ほどよりも大きな悲鳴を上げる。

「嫌なら、先ほどの私の言葉を実行せよ」

お待ち下さいと懇願されるのを無視してトリティはぐんぐんと天に駆け上がる。

（あれは……）

向かう先に、シスは天上界との境界を察知した。見た目では何もわからない。だが、シスにはわかった。トリティはそこを目掛けて駆け上がる。

「目を閉じて、息を止めていろ」

「っ」

言われた通りにすると、何かに突入した感触があった。直後、纏わりつくような濡れた空気に囲われ、圧迫感に息ができない。ぐっと歯を食い縛っていると、唐突に清い空気が取って代わり、キーンと耳鳴りがした。

「もういいぞ」

許しが出て目を開くと、そこは真っ青な世界だった。

「ここが天上界だ」

地上界よりも青い、天上界の空だ。空気はひんやりとしていて肌寒い。懐かしい空気にシスは胸がいっぱいになった。同時に、風から守られていることに気付く。空をこの速度で飛ぶのは生身には辛いはずだが、吹いてくる風は穏やかだ。トリティが翼の力で自分も保護してくれているのだろう。記憶と同じ少し甘くて爽やかな匂いが漂ってくる。シスはトリティの服をぎゅっと握った。

「降りるぞ」

少しして降ろされた先は、シスには見覚えがあり過ぎる場所だった。

緑豊かな小さな島で、森と崖の間に小さな野原がある。トリティは迷わずそこに降り立った。

「アルパカ……」

そこではアルパカの群れが草を食《は》んでいた。一番大きな茶色い個体には見覚えがある。シスは野原に立ったままじっと彼らを見詰める。不意にその茶色い一頭がシスを見て、「フェーン」と鳴いた。

「あっ」

アルパカは足早にシスに駆け寄ってきてシスの匂いをふんふんと嗅《か》いでくる。

「ファフ、大切な話がある。遠慮しろ」

シスの背後でトリティが零した。

やっぱりそうだった。記憶よりずっと大きいけれど。

「ファ、ファフ……？」

名前を呼ばれたことに反応したのか、ファファが触って欲しくてたまらなさそうにシスに顔を寄せる。シスはどうしていいかわからず手を出せない。もしかしてファファはシスとイシュカを同一人物と思っているのだろうか。

「動物は苦手か？」

「い、いえ。その、こんなに大きいものを間近で見たのは初めてで」

トリティがシスの様子に訝《いぶか》しそうに聞いてくる。シスは咄嗟《とっさ》に嘘《うそ》をついた。

「……天上界のアルパカは地上の倍生きるからな。その分身体も大きい」

トリティはシスの腕を引き、ファファから引き離した。ファファは途端に不満そうにして歯茎をイーッと剥き出しにした。

「その手は食わんぞ。ほら、こっちに来い」

トリティはファファが唾を吐き出す前にシスを野原の片隅に佇《たたず》む東屋に引っ張っていった。フェエンと、不満げな声がしばらく聞こえていたが、諦めたように途絶えた。

東屋は相変わらず質素過ぎる佇まいだが、荒れているということはなく、むしろ記憶よりも整っているように思えた。ちらりと見た白い墓標はとりどりの花に囲まれている。ああ、あの別れの日と同じ季節なのだ。

「そこに座れ」

短く命じられてシスは視線で示された東屋の屋根の下にある椅子にのろのろと座った。ちらりと背後を向くと、ファフが何度も振り返りながら仲間達と一緒にゆっくり森の奥へと向かっていくところだった。

「……お前には可哀想なことをした」

ファフを一瞥《いちべつ》で見送ったトリティが向かいに腰掛け、おもむろに口を開く。

「最初にも言ったが、これは行き違いだ。我らは地上人には二度と生け贄を要求しない。そう決めたはずだった」

シスの胸はいっぱいになる。トリティは、天上人とは寿命も力も劣った地上人に対等に語りかけてくれている。

「お前を同じ場所に戻すのは難しそうだ。地上界でお前が行きたい場所に連れていこう。どこか希望はあるか？」

トリティの言葉にシスははっとトリティを見上げて、唇を噛んだ。目線を合わせたトリティは一瞬瞳を揺らしてから、じっとシスを見詰めてきた。

トリティにとって今の自分はただの生け贄の地上人。イシュカに似ているから、憐れんで、連れてきてくれただけだ。当たり前のことなのにシスは傷付いた。

「僕を地上界に戻すというなら、祭壇に戻して下さい」

「しかし、あの様子では皇帝はお前にどんなことをするかわからないぞ」

供物として殺されなかったとしても、帝国を危機に追いやったことを責められるだろう。

「地上界では、どんな辺境に生まれても、この髪色と瞳を持つ者は、皇帝の養子となる決まりです。どこに行ってもこの色である以上、皇帝の知られるところになるでしょう」

見付かれば連れ戻されて罰を受ける。あるいは見付からないように、誰も来ないような場所で怯えて一人で生きるか。

「ならば私が連れて戻って、お前に酷いことをしないようにと言い含めれば」

「そうしたら僕は腫《は》れ物を触るように扱われるでしょうね。もう元の穏やかな暮らしには戻れない」

シスは慌てて口を噤んだ。トリティが痛ましげな顔をしたからだ。酷い言い方をしてしまったと反省する。

「いいえ。そういえば、僕は十八歳になったらミクト様の側妃にと望まれていたのでした。あなたが口添えして下されば天上人の祝福を受けた側妃として大切にしていただけるかも」

嘘だ。トリティに再会してシスの気持ちは確固としたものになった。他の男になんて触れられたくない。

「側妃？　お前も皇帝も男じゃないか」

「地上界ではよくある話です」

シスは何ともない風で告げたのに、視界が滲んでいる。握った拳も震えている。しまったと思った。これでは本当は嫌だと思っているのを知られてしまう。

「どうあっても地上界では穏やかに暮らせないのか？」

トリティが長く息を吐き出す。

「そうですね」

前世でも今世でも、自分は結局、生まれつきの色に翻弄《ほんろう》されて生きるしかない。でも、運命は受け入れれば、存外楽なものだ。求められるままに流されていけばいい。

「……僕を元の場所に戻して下さい」

生け贄の儀式はもう行われない。気になっていたことは確認できた。トリティにもう一度だけ会うこともできた。充分じゃないか。

しばらくの沈黙の後、シスの顔がトリティの手に掬われた。顔に残っていた聖別の白い模様の名残を指の腹で拭われる。

「っ、やめて……」

シスは抵抗したが、トリティはやめてくれなかった。指では足りないと、服の袖で拭われ、シスの顔が露《あら》わになる。黒い袖《そで》は白く汚れてしまったが、トリティは気にした様子もない。ただ、黒い目が瞬きもせずに見詰めてくる。まるで全てお見通しなのだぞと訴えられている気分になる。

「離して、下さい……」

それだけ言うので精いっぱいだった。

「戻してもお前は幸せになれないんだろう？」

悲痛さが滲み出た声だった。トリティはただの生け贄にまで優しくしてくれようとしている。

シスは必死で頭を振った。

「あなたには関係ない。僕は地上人だ。地上でミクト皇帝の側妃になるんです」

「……わかった」

何がわかったなのか。質問する前にシスの身体は荷物のように逞しい肩に抱き上げられ、空に飛び立っていた。


離して欲しいと訴えたものの、なすすべもなく連れていかれた先は当然のように王城だった。

こちらも記憶通りだ。トリティは直接奥殿の入り口前の飛び場に降り立ち、シスを建物内に運び込む。

「いいか。絶対に誰にも顔を見せるな。絶対にだ」

シスが返事をするより前に誰かが声をかけてきた。

「陛下。その無翼人はどういうことですか？」

その声にシスはぎくりとした。聞き知った声だったからだ。

「地上人から寄越された生け贄だ。しばらくここに置く」

「なりません。奥殿に入るには資格が必要です。翼王陛下とそのご家族の安全のためにこの決まりに例外を作るわけにはいきません」

声の主はケルに違いない。言葉の内容からすると今も翼王の警護官をしているのか。

「では、私の閨の相手をさせ、かりそめの伴侶の資格を与える。前々翼王もなさったことだ。文句は言わせん」

「伴侶……？」

シスの血がざっと引いた。聞き違いだと確認しようと思ったが、ケルの存在がそれを阻《はば》んだ。声を上げれば、顔を見られれば、ケルにもイシュカと同じ顔だと気付かれてしまう。

「私にはそれは男性に見えますが？」

「地上界では男性の側妃を迎えることはよくある話らしい。それに、男なら孕《はら》まないからむしろ好都合だろう」

「あなたには羽根を望まれた方が既にいらっしゃるのでは？」

「私が羽根を望んだ相手はただ一人だが、かりそめの伴侶の数は決められていない」

シスはぎゅっと唇を噛んだ。やはり、もう王妃がいるのだ。

トリティは廊下を進み、シスを翼王の私室へと運び込む。続きの間になっている寝室に入ると、寝台の上に落とされた。

「翼王、様」

呼びかけようとしたところで、トリティがのしかかってきた。

「何、を……」

「脱げ」

シスが同意しないまま、服を脱がされ上半身を裸にされた。身体を飾る金の飾りも外され、しゃらしゃらと鳴りながら寝台の下に落ちていく。すぐに身体を返され、俯《うつぶ》せに寝台に押し付けられた。

「な、何……？」

「……ない、な。何もない。あるわけがない」

落胆した声と、肩甲骨《けんこうこつ》に触れた手の感触に、トリティが何をしたかったのか理解した。背中に翼が、あるいは翼の痕《あと》がないかを確認したかったのだ。シスがイシュカであるわけがないと理解しながらも。

シスの胸がさっきとは違う痛みを訴える。全てを吐露《とろ》したい気分に陥ったが、告白するわけにはいかない。

「ッ？」

少し間を置いて、トリティは突然シスの腰に溜まった布を捲《めく》り上げた。巻き付けていた下着を剥《は》がれ、秘部が晒される。

「何をっ？　リ……翼王、様っ」

「男同士が交わるのには、ここを使うんだったな」

シスの血の気が引いた。男同士で交わることができると、地上界での人生で初めて知った。形を確かめるように触れられているのはまさにその場所だった。夢でトリティに何度も犯された場所だ。

「嫌だ、やめて！」

夢のことを知られたら軽蔑される。そんな思いが突然湧《わ》いて、シスは抵抗した。トリティの手が離れる。シスは首を捩《よじ》って振り向いた。

「お願いです。それは、嫌です……」

トリティは眉間に深い皺を刻んだ険しい表情でシスを見ていた。

「お前は私の閨の相手としてこの奥殿に入れた。事実関係を結んでおく必要がある」

淡々と語るトリティの耳朶で茶色の耳飾りが揺れている。王妃がいるのに、シスを抱こうとしているのか。

「そ、そんなの、翼王様の王妃様に申し開きが立ちません！」

「私に王妃はいない」

「いない……？」

「話はそれだけか？」

トリティは手の動きを再開する。

「ま、待って下さい！」
では耳飾りはどういうことなのか。羽根を望んだ王妃候補はいるが、正式な結婚はまだとい
うことなのか。どちらにしても他に正しい相手がいるのに。
「それはできない。僕をここから出して下さい！」
「それはできない。奥殿から出せばお前は生け贄として扱われる。この天上界で翼のない者は
逃げることもできまい」
「じゃあ地上界に戻して」
「それもできない。お前が平穏に暮らせる方法が見付かるまではここにいてもらう」
トリティは頑《かたく》なだった。だが、シスを見る瞳に複雑な色が宿っている。
シスがイシュカにそっくりだからシスを放っておけないのだとはっきりと物語っている。
いっそ言ってしまった方がお互いのためではないかと思った。でも、言ってどうなるという
のだ。トリティには伴侶がいる。もしトリティが信じてくれたとして、伴侶のいるトリティの
傍にいさせてもらいでもするのか。
（そんなの、耐えられない）
シスは地上人だから、すぐに老いて死ぬ。その間、いつまでも若く美しい二人を祝福し続け
るなんてきっとできない。祭壇では少しでも長く一緒にいたいと思ったが、そんなにも長い時
間は、一緒にいても辛くなるだけだ。

「わかったら少し我慢しろ」

「っ、やめ、やめて下さい！」

尻たぶの谷間を指で押し開くように触れられて、シスは状況を思い出した。

「地上人の皇帝の側妃になれば、皇帝としたことだろう？　皇帝はよくて私は嫌か？」

抵抗されて面倒になってきたのか、言葉に呆れや苛立ちが含まれている。そうじゃない。

「やめて下さい。これは、愛する方とすべき行為です」

耳飾りの主とすべきことだ。奥殿に地上人を滞在させるためだけに行うことではない。

シスは後ろ手にトリティの腕を掴み、潤んだ瞳で訴えた。

「……愛する方、か」

トリティは繰り返して唇を歪めた。笑ったようにも見える。その手が耳飾りに触れた。愛おしそうに。

「私が愛を向ける相手は、お前には関係ない」

無関係と言われてシスの胸は軋《きし》むように痛んだ。

「もう勝手にやらせてもらうぞ」

トリティはシスの背中に覆い被さってきた。

「ひっ」

この体勢が何を示すのか、シスにだってわかる。

「嫌だっ」

「静かにしろ」

暴れようとした肩を大きな手と言葉で押さえ付けられる。力強いが、乱暴ではない。そのままトリティは腰を尻に密着させてきた。

「ん、な、何……？」

トリティのものが尻に押し付けられているのがわかる。ただし、布越しだ。それは衣服に収められたままらしい。一体何をされているのかシスはわけもわからず身を捩る。すると、トリティの困り顔に出会った。

「形だけだ。交わっているふりをする。様子を窺《うかが》われている。本当に犯されているように演技をしろ」

シスの耳元に囁き声が落ちてくる。確かに、遠目に見ればシスはトリティに犯されているように見えるだろう。様子を窺われているとは誰になのか。そして演技とはどうすればいいのか。経験のないシスにはまったくわからない。

「どうした？」

「わ、わからない。だって、こんなの、したことないから……」

嗚咽交じりに正直に告げると、トリティが一瞬動きを止めた。

「……その顔でその台詞は卑怯《ひきょう》だ」

顔とはイシュカと同じ顔のことか。

「わかった。手で口を塞《ふさ》いでいろ。声を我慢しているように」

「え……？　ん、んんっ」

言われた通りに口を塞ぐ。トリティの頭が首筋に寄せられてきて吐息が肌に触れる。少し熱くて荒い。トリティが興奮しているのだと思うと、シスはむず痒《がゆ》くなってきた。トリティは腕や膝を使って寝台が軋むように動く。動かれる度に寝台がぎしぎしと揺れる。

「あ……っ」

どうしよう、恥ずかしい。変な気分になる。二人は密着しているだけだ。それなのに聴覚や体温のせいで本当に犯されている気になってくる。だって相手はトリティだ。可愛いリティ……。いや、もう充分過ぎるほど立派な男性だ。年齢だって生まれ変わりの自分の方が年下になってしまった。

「勃起しているのか？」

「えっ？」

トリティの手が腹の下に差し込まれ、前に回り、シスの性器に触れてきた。

「っ、な、何で」

指摘の通りそこは形を変え始めていた。男らしい手に包まれてびくびくと震え、瞬く間に張り詰めていく。

「ごめんなさい。嫌、やめて、触らないで」

口から手を外して訴えると、トリティは耳元で笑ったようだった。

「構わない。私の手が気持ち悪くないなら、このまま感じていい」

身体を密着させたままトリティの手が敏感な場所を愛撫《あいぶ》してくる。

「あ、やめて、やっ」

「いいぞ。声に艶が出てきた」

そういえば演技をしなければいけないのだった。だが、演技ではなく、本当に気持ちいい。耳元で囁かれるのさえ感じる。骨ばった手が幹の全体を包み込んで擦《こす》り上げ、くびれを指先でなぞる。裏側のくびれの下辺りを指の腹でくすぐられると、身体がびくんと震えた。

もっとして欲しい。と、頭の奥がじんと痺れる。夢の中はともかく、現実では他人にこんな風に触られたことなんてない。性的な意味をもって誰かに触れられるのは好きではない。でも相手がトリティというだけで簡単に昂《たか》ぶる。

「ん、お願い、やめて……」

それでも理性を振り絞って懇願した。でも触れてくれる手に幹を擦り付けるように腰が勝手に動いてしまう。そうすると尻にトリティがもっと密着して、驚いて逃げて。シスの腰は寝台とトリティとの間を何度も移動する。

「駄目だ。気持ちいいんだろう?」

意地悪な声が拒否をして今度は先端をぐっと押さえてきた。

「っ！　あ、そこは……」

「濡れているな」

鈴口は涙を零していた。トリティが溢れるそれを塗り込めるように刺激してくる。

「あ、あっ、あ……」

全身が間断なく痙攣《けいれん》する。触られているのは身体から飛び出た場所なのに、身体の奥がじんじんする。やめてと訴えることもできなくなって、口から出てくるのは自分でも聞いたことのないような甘い喘ぎばかりだ。

くちゅくちゅ小さな水音が響く。逃れようとして腰を必死に浮かしたら、トリティの雄が太《ふと》腿《もも》を押してきた。さっきよりも硬くて、熱を帯びている気がする。

「あっ、あ……」

身を捩ると逃れるどころか弾みで強い刺激が性器を掠《かす》めた。

「だめ、も、出るから……！」

身体に籠もった熱が出口を求めて渦巻いている。擦られている性器から、厚い体躯に密着している部分から。

「出していい」

耳元で許しが出て、シスはその刺激で射精した。身体が自分でも驚くくらいに激しく震えて、それをトリティの身体が押さえてくれる。鈴口から勢いよく噴き出した白濁はトリティの手を汚し、脱げかけの服と寝台にも飛び散った。

「あ、あ……」

射精の余韻に焦点が結べない。短く息を吐き出していると、頬に柔らかい感触が当たった。

「よくできたな」

トリティが子供を相手にするように褒めてくれる。でも、その手が白濁に塗れているのに気付いて、シスは顔を真っ赤に染めた。

「な、あ、あ、それ、拭いて」

あわあわと拭くものがないかと辺りを見回すと、寝室の扉の向こうから声がかけられた。

「陛下」

ケルの声だ。シスはびくりと固まる。

トリティは身体を起こし、手の汚れを露わになったままのシスの尻にべたりと塗りつけた。

「っ？」

「ケル、開けていい」

シスが冷静さを取り戻せない間に、ケルが扉を開ける気配がした。背中に視線が突き刺さる。

シスは顔を寝台に伏せた。

「……本当に相手をさせたのですか」

「っ」

シスの尻から白いものがたらりと垂れる。ケルには、シスが犯されたように見えたのだろう。

「ああ、これで文句はないだろう」

トリティが立ち上がって寝台から下りる気配がした。寝室の扉は閉じられた。トリティも出ていったようだ。シスは一人取り残された。


「オリエラ大臣が生け贄を引き渡して欲しいと押しかけてこられていますが」

寝室から出て、居間を抜けて寝室とは反対側にある書斎に移動したトリティは、護衛官のケルから告げられた言葉にうんざりした。

「放っておけ。そもそも私の許可も得ずに勝手に地上界に生け贄を要求したのは伯父上だ。罰を与える理由はあっても、あちらの言うことを聞く道理はない。まったく、私が即位して翼王の外戚になっただけで満足すればよいものを……」

前翼王のイシュカの行方《ゆくえ》が不明になって十八年が経つ。トリティはイシュカの失踪直後に翼王代理という形で政務を引き継いだ。しかし、翼王をいつまでも不在にするわけにはいかず、一年後に即位した。

その間も、それからも、トリティ自身はそれまでのイシュカと同じように妖獣や災害の対応に追われ、国務は伯父のオリエラ大臣に任せるしかなかった。生け贄の要求もトリティの許可を得ずに行われたことだった。

「大臣は、こんなにも妖獣が現れるのは、やはり生け贄を捧げないからではないかという不安が天上界中に広がっている。と、仰られていますが」

「それは伯父上の扇動《せんどう》のせいだろう。楽園で歴代の翼王が怒っているだの何だの。そんな事実はない。第一、亡くなった者が怒っているなどどうやって知るのだ。対話する手段があるなら教えて欲しいくらいだ」

トリティは吐き捨てるように告げた。もしそんな手段があるなら、トリティは真っ先にイシュカと話そうとしただろう。イシュカが死んでいるはずがない。だから話せるはずはないと願いながら。

トリティは耳飾りに触れる。加工して固めてあるが、表面を撫でると柔らかな感触がする気がして、心を落ち着かせてくれる。それをケルが呆れた目で見てくる。

「生け贄の儀式を行っても何も状況が変わらないことが証明されたら、伯父上は民にどう言い訳する気なのか。ケル、お前も伯父上の言葉を信じているのか？」

「私にはわかりかねます」

「お前は最後にはいつもそれだ」

トリティの声音には先ほどとは違った苛立ちが含まれていた。

「私はあなたの護衛官ですが、補佐官ではありませんから」

「イシュカ様のときには補佐官も兼任していたのだろう？」

「前翼王陛下のときには私がやる他ありませんでしたが、あなたには優秀な補佐官が大勢いらっしゃいますので」

ケルの言葉はいつも淡々としている。

「……とにかく、伯父上にはお引き取りいただけ。話すことは何もない」

「ご命令とあらば」

「それから、口の固い……そうだな、四十歳までの子供がいい。一人見繕って寄越せ」

「それは構いませんが。しかし、まさか少年趣味でいらしたとは」

トリティはぎろりとケルを睨んだが、普段から何を考えているのかよくわからない護衛官は顔色一つ変えなかった。

「寄越せと言ったのは、地上人の世話係としてだ」

「でも少年趣味なのでしょう？　ああ、地上人限定ですか？　それとも、色素の薄いのがお好みなのかな。あの雰囲気からして地上人なら十代でしょう？　二十年も生きていない子供によくもあんなことができましたね」

「しなかったらお前が追い出すだろう」

ケルは当然ですと応じた。

「決まりですから。陛下に対しては、決まり以上のことはいたしませんし、言葉も飾りません」

いつになく饒舌《じょうぜつ》だ。トリティは何が言いたいのだと目線で問いかけたが、ケルはどこ吹く風だ。

「翼王に不敬だぞ」

「では解任でも処分でもお好きにどうぞ」

ケルはひんやりとした声でことも無げに応じ、部屋を出ていった。

「昔の、ままだ」

寝室に一人残されたシスだったが、ふと周囲を見回して気付いた。

歴代翼王が使ってきた部屋だ。造り自体を変えるのは難しいが、内装はいくらでも変えられる。だが、部屋のほとんど全てが見覚えのあるものだった。いくつか、知らない小箱や道具はあるが、他は何一つ記憶と変わっていない。部屋全体が前世で好きだった優しい色合いで統一されている。奥の棚の扉の中には、父と母からもらった玩具や人形が入っているはずだ。

シスは誘惑に抗《あらが》えず、身体や衣服に付いた汚れた部分を枕元に置いてあった布で拭い、衣服を整え直した。寝台から下りて棚の扉を開けてみると、予想通り玩具と人形が収められた箱が出てきた。

「これ……」

小鳥を模した人形は、いつかの誕生日にトリティがくれたものだ。公の贈り物は別にあったけれど、それとは別に自分の抜け羽根で作ってくれたらしい。

「懐かしい」

人形の顔も、尾羽根の少し乱れている部分も、記憶と一分《いちぶ》も違わない。

もう一度部屋を見回してみると、とても懐かしい気分になった。

幼少の頃、この寝室を含む続きの一室は父と母のものだった。本来、奥殿内で翼王妃の部屋は翼王の部屋とは別に用意されるが、母が難しい立場だったことと、少しの時間でも一緒にいたいからと父がこの王の部屋に住まわせていた。イシュカも幼い頃はここで暮らし、物心つく頃に奥殿内の王子の部屋に移された。その後、即位してこの部屋に戻った。敵だらけの中で、この部屋で一人きりでいるときだけ、重圧から解放された。

「どうして？　忙しくて、そのままとか？」

疑問に思いながら窓にかけられた薄布を上げると、天上界の澄んだ青空が視界に飛び込んできた。

ここから空を見上げては、気ままに飛び立ちたいといつも夢想していた。

「何をしている」

いつの間にか扉が開かれており、トリティが訝しげに腕を組んで佇んでいた。腕を解くと、部屋に入ってきて、開けっ放しになっていた棚の扉を閉じる。

「部屋のものに勝手に触れるな」

「あ、も、申し訳ありません……」

いかに見覚えのある物でも、今この部屋の主は自分ではない。

「悪い。怒ったわけではない」

トリティは小さく息を吐き出し、手にしていた布を放ってきた。

「着替えだ。この寝室と、奥の浴室は好きに使っていい。ただし、できるだけ部屋のものには触らないでくれ」

トリティはシスが上げた窓の布を元に戻す。

「それと外からは見られないようにするんだ。この奥殿の上は飛行が禁止されているが、用心に越したことはない。お前の顔は……。いや、地上人を人目に晒すわけにはいかないからな」

イシュカの顔を知っている者が見れば騒がれるだろう。シスは神妙に頷いた。

「お前が私の相手をする限り、誰もお前には手を出せない。翼王のかりそめの伴侶は本当の伴侶、王妃と同様に扱われる決まりだ」

「相手をする限り？」

「私が興味を失った瞬間、お前はただの地上人になり、生け贄にされるだろう。閨の相手は翼王の子を宿す可能性がある。可能性がなくなれば、丁重に扱う必要はなくなるというわけだ」

「子を宿す……」

「そうだ。前回供物として天上界にやってきたサハナは、当時の翼王に見初められて翼王の子を産み、二十年後に病で亡くなった」

「翼王の子を産み、病で……」

シスは知っている。だが、知っているはずのないことだ。どんな反応をしていいのかわからず俯《うつむ》いて鸚鵡《おうむ》返《がえ》しにする。

「生け贄を捧げずともこの天上界に障りはない。生け贄の儀式は終わらせると約束した。お前が殺されればその約束を守ったことにならない」

「約束？」

わかっていながらシスは顔を上げて聞いた。トリティの黒い目が細められる。

「そうだ。私と、前翼王陛下との約束だ」

シスは、張り裂けそうなくらいの痛みを訴える胸を押さえた。それをトリティは違うように取ったらしい。

「心配するな。一番規則にうるさい護衛官にはお前を抱いた証拠を見せてやった。二度目は必要ないだろう」

そうか、もうしないのか。

「それに私には心に決めた人がいる。お前のような子供に本気で手を出しはしない」

心にと言いながら、トリティは耳飾りに触れた。茶色は最も一般的な翼の色の一つだ。トリティが選んだのはどんな人なのだろう。優しくて綺麗な人か。年下だろうか。それとも……。

シスは泣きそうになるのを我慢して無理やり笑みを作った。

「やめてくれ」

するとトリティが眉間に皺を寄せ、苦しげに吐き出す。

「そんな苦しげな笑みを見せられると、あの方に恨《うら》まれている気分になる」

「え……？」

「私がもっと早く飛べていたら。いいや、その前にお一人にしなかったら」

イシュカのことだ。想う人が変わってもイシュカが忘れられたわけではない。それどころか、イシュカの死は未だにトリティを傷付けているらしい。

「あの……」

シスが声をかけると、トリティははっとした様子になった。

「すまない。お前には関係ないな」

シスは何も言えなくなった。

＊＊＊

　薄布越しに見上げる空は夜を迎えたようだった。漆黒の中に煌めく星が辛うじて判別できる。昇ってきた月は地上界の昨夜と同じで少し欠けていたが、現れ始めた星の位置が、地上界とは全然違うことに気付いた。

　ああ、天上界にいるのだと、しみじみとした感情が湧いてきた。郷愁《きょうしゅう》のようでもあり、遠い場所に来てしまった心細さのようでもある。

　シスは寝台の端に腰掛けて、ぼんやりとそんな思いを巡らせていた。

「湯浴みのご用意ができました」

　急に声をかけられて、シスは肩を跳ねさせてそちらを見た。寝室と続いている浴室から子供が顔を覗かせていた。

「あ、ああ」

　少し前にやってきた黄色い斑模様《まだらもよう》の翼の子供は、ヤチカと名乗った。地上人なら十歳くらいだろうか。この奥殿で働いていた侍従見習いで、シスの世話係に任命されたのだという。奥殿で働ける人間は限られている。昔から働いている大人だとイシュカの顔を覚えているだろうから、子供が選ばれたのだろう。

　ヤチカは地上人にどんな態度を取るべきかわからないようだった。用事だけ告げると、そそくさと部屋の隅に移動してしまった。

「ありがとう」

礼を言って少しして、シスははっとした。

「いえ、ありがとうございます」

いくら相手が子供の世話係でも向こうは天上人だ。地上人のシスよりはずっと高い身分だ。自分の立場を弁《わきま》えなければならない。

「身体を拭く布と夜着も中にご用意しています」

浴室は、浴槽のある湯殿と休憩室を兼ねた脱衣所とが衝立《ついたて》で区切られている。ところどころに置かれる明かりにぼんやりと照らされた浴室は、寝室と同様に、イシュカが使っていたときのままだった。壁の一面は翼を広げて水気を切れるように坪庭に解放されている。奥殿の上空は飛行を禁止されているが、それでも空から見えないように壁と天井の角度にも気を使っているし、万一外から侵入されないように格子も嵌《は》めてある。

「あれも、そのままなのかな」

大きな翼の隅々まで洗うのは難しいから歴代の翼王は専任の侍従を付けたのだが、イシュカは誰かに翼に触れられることが嫌だったので、一人で洗えるように改装してもらった。

「そのままだけど、涸れてる」

右の壁は壁上の湯口から湯が落ちる打ち湯になっていて、翼の隅々まで汚れを落とすことができるはずだが、湯が流れている気配はない。

壁の下にある仕掛けを動かしてみたが湯は落ちない。湯路が詰まっているか、壊れているらしい。

翼を抜きにしても湯を浴びるのは気持ちよかったのだけれどと残念に思いながら身体を洗い、石で囲われた浴槽に浸かったあと、水滴を拭って寝室に戻る。

寝室には小さな卓と椅子が入れられ、皿が並べられていた。

「地上人の食事など知らないので、何品か用意してもらったのですが」

「お気遣いありがとうございます。好き嫌いはないので何でも食べられます」

シスは椅子に座り、皿に盛り付けられた料理を眺めた。

「地上界のものとほとんど同じです」

作法も同じだ。シスは手前の平たく焼いた玉蜀黍《とうもろこし》の生地に煮込んだ野菜や焼いた肉を挟んで口に運ぶ。地上界のものより甘口で濃厚だ。とろとろのスープは熱々で、天上界の空気は地上界よりも冷たいから、身体が温まってありがたい。

「どうされました？　口に合わなかったですか？」

「え？　あ、いえ」

ぎょっとしたヤチカに声をかけられて、シスは自分が泣いていることに気付いた。手の甲で涙を拭い、何でもないと笑ってみせる。

「とても美味《おい》しくて」

前世で食べていたものも故郷の味と言っていいのだろうか。神子のうちで、神殿から遠い場所で生まれた者は、生まれ育った場所や母親の料理の味を懐かしがって食べていた。シスの今の気持ちはまさにそれだ。

「それならよいのですが」

ヤチカがあからさまに胸を撫で下ろす。不手際があったのではと心配してくれたのだろう。

シスは小さく吹き出した。

「僕の名前はシスです」

「え？」

「シスと呼んで下さい。敬語も必要ありません。ただの地上人ですから」

ヤチカは目を白黒させた。

「で、でも、トリティ様はあなたを伴侶様として扱えと……」

一瞬ドキリとしたが、形が必要なだけだ。

「構いませんから」

シスは続けたが、ヤチカは困った様子のまま食事の片付けをしてくれた。

シスは再び寝台に腰掛けて、薄布越しの星空を眺めていた。夜が更《ふ》けて、天上界の夜空には、星々がまるで絨毯のように広がっている。

地上界には雨季があるが、天上界は基本的に晴天だ。たまに薄い千切れ雲が浮かぶくらいで、暗雲に覆われたり、雨が降ったりすることはない。代わりに雲海が島を覆う霧《きり》になって水を運んできてくれる。

人の気配がしたのは、夜半も過ぎた頃だった。

「起きていたのか」

寝室に入ってきたトリティは酷く疲れた様子だった。

「はい。申し訳ありません、こんな格好で」

ヤチカの用意してくれた白い寝間着だ。アルパカの毛を特殊な技法で薄く織った生地は光沢があって美しく、何より柔らかい。天上人用なので、背中に翼を出すための翼口は開いているが、翼口の周囲は生地を重ねているので、普通にしていれば隙間もなく暖かい。

「……いや、構わない」

トリティは横目でしばらくシスを眺め、ふいと顔を逸らした。

「無理やり連れてきたのだ。私のことは気にしなくていい」

「そんなわけにはいきません。あの、お話を」

シスの言葉を無視してトリティは浴室に向かった。浴室の湯は温泉だからいつでも温かいが、この時間は湯冷めするのではないだろうか。大丈夫だろうかとシスが心配している間にトリティは戻ってきた。髪や翼から雫が滴っている。シスは慌てて寝台の脇に置かれている手拭いを手に取り、トリティの身体に被せた。

「何の真似だ?」

「風邪をひいてしまう」

天上界の夜気は冷たいだけではなく、しっとりと水気を含んでいて、乾くのにも時間がかかる。神殿で小さい子の面倒も見ていたシスは反射的に髪の水気も取らなければと背伸びして布を頭に運んだところで、トリティとの体格差を思い知った。

自分よりも小さかった子供は、いつの間にか自分に追いつき、そして届かないくらいに追い越されてしまった。もう頭を撫でてやれる高さではない。ふと見上げた視線の先に、トリティの黒い瞳があった。

雄々しくなっても、面影はある。イシュカに向けてくれた無邪気な笑顔と同じ瞳だ。つい見入っていると、ふいにその瞳が近付いてきた。あっと思ったときには、吐息を感じるくらい互いの唇が近付いていた。

「リ、翼王、陛下！」

シスが驚いてトリティの胸を押すと、あと少しで唇同士が触れるという直前でトリティは自分から退いた。

「私は何を……」

トリティは自分のしたことが信じられないという顔をしている。

「すまない。疲れているらしい。一瞬、夢を見ているのかと思った。お前を、大事な人と取り違えた」

「取り違え……」

「ああ。わけあって久しく会えていない。どうも恋しさが募り過ぎたらしい」

そう言ってトリティは耳飾りに触れた。風呂に入っているときもしているのか、出てすぐに付け直したのか。

「私はまだ仕事がある。お前は寝台を好きに使え」

トリティは溜め息とともにそう言うと、寝室から出ていってしまった。

シスは自分の唇に指で触れる。

取り違えたということは、自分は知らない口付けを、本当の伴侶に与えているのだ。改めてその事実を突き付けられて、胸が苦しい。

＊＊＊

「ほら、これで僕の勝ちだ」

「え？　嘘、あ、本当だ……」

遊戯盤の向こうでヤチカが頭を抱える。

「シス様、強過ぎです！　覚えたばかりなのに！」

ヤチカは頬を膨《ふく》らませながら盤上の駒《こま》を最初の位置に戻していく。

「もう一度？」

「もう一度です！」

シスが天上界に連れてこられて三日。ヤチカは呼び捨てだけはできないということで敬称と敬語は続けられているが、ずいぶんと打ち解けられたと思う。昨日は、退屈しのぎにと翼棋《よくぎ》という遊戯盤を持ってきてくれて遊び方を教えてくれた。天上界で発達した遊戯なので、やり方を知らないふりをするのに苦労した。

「何でこんなに強いんですか！」

「地上界にも似た遊びはあるから。コツさえ掴めばね」

ヤチカは初心者に負けるのが悔しいらしい。初日は大人しくしていたが、本来は賑やかな性格であるようだ。何だかティカに似ている。

「ねえ、ヤチカ。君は僕の世話が嫌じゃないの？」

シスの問いかけに、駒を持ったままヤチカが顔を上げた。

「どうしてですか？」

「どうしてって、だって、僕は地上人だから」

天上人は地上人を蔑んでいたはずだ。

ヤチカは駒を盤上に置き、両拳を膝の上で握り締めた。黄色い斑の翼がぱたぱたとはためかされる。

「二十年前、僕の生まれた街は妖獣に襲われました」

覚悟したようにヤチカは口にした。

「え……？」

「でも、前翼王陛下が妖獣を退治して下さったんです。僕はもっと小さくてすごく怖かったことくらいしか覚えていないけれど、真っ白な翼をいっぱいに広げて、暴れ狂う妖獣に傷を負いながらも、お一人で戦ってくれたって、両親がよく話してくれました」

「……」

イシュカが妖獣を何匹屠《ほふ》ったか、シスはよく覚えていない。命を奪う行為は、忘れ去りたい記憶だったからだ。そのうちの一つが、ヤチカの言う妖獣なのだろう。

「前翼王陛下は、地上人との混血でした。あなたを蔑むことは、恩人を蔑むことになります。それに現翼王陛下にもあなたをくれぐれも大切に扱うようにと命じられています」

「大切に……」

シスは溜め息を零す。トリティもただの地上人相手ならこんな扱いはしないだろう。イシュカと同じ顔を放っておけないのか。イシュカへの思いを断ち切って、新しい相手もいるのに。身勝手にも詰る気持ちが生まれてくる。

「ヤチカ、翼王様の本当の伴侶様は？」

誘惑に負けて、シスは質問してしまった。どんな方だと、聞く勇気まではなかった。ヤチカが酷く困った顔になる。

「伴侶様は、こちらにはいらっしゃいません」

「いない？」

トリティも久しく会えていないと言っていた。一体、どんな事情のある相手なのだろう。

「それ以上は僕の口からは言えません」

ヤチカはぎゅっと口を結ぶ。言えないとなれば決して言わない。そうでなければ奥殿で働く資格はもらえない。シスは追及するのを諦めた。

「さあ、シス様。次は勝ちますからね！　次はシス様が先手でどうぞ！」

ヤチカは暗くなった雰囲気を変えようと思ったのか、腕捲りをして鼻息を荒くする。シスは苦笑して、わかったと駒に手を伸ばした。


その晩、トリティは真夜中に戻ってきたようだった。シスが寝台の上で横たわっていると隣の居間で物音がして、浴室に向かった気配がした。浴室前の脱衣所は居間からも入れる。耳を澄ますと微かに水音がした。シスは時間を見計らい、そっと起きて脱衣所の扉を叩いた。

「起こしたのか？」

扉が開かれ、トリティが顔を出した。昨日も一昨日も、トリティは身体を洗ったあと、居間の方に出ていってしまったのだ。

「いいえ。翼王様をお待ちしていました」

やっと捕まえられたと思ってシスはほっとした。

「何故？」

「お話をしなければと思って」

「何だ？」

「僕を地上界に戻して下さいませんか」

トリティの耳飾りが今日も揺れている。シスの胸がぎゅうっと苦しくなる。

「それはできないと言ったはずだ。お前が穏やかに暮らせる方法が見付かるまではここにいてもらう」

そんな方法はない。それこそ、今世を諦めて来世に望みをかけるくらいしか。

「どうしても？」

「どうしてもだ」

話は聞いてもらえないらしい。

「不自由はないか？」

トリティは話題を変えてしまった。シスは溜め息を零す。

「お陰さまで」

不自由はない。行動範囲が限られるのには慣れているし、ヤチカが充分にやってくれる。

「そうか。それならいい」

ふと、トリティの目線が寝台の脇の卓に置かれた遊戯盤を捉える。

「翼棋か」

「はい。ヤチカが持ってきてくれて」

トリティは寝室に入ってきて、盤上に置かれた駒を一つ取った。翼棋は白と黒の駒で戦い合う。翼棋というだけあって駒は盤上を様々に飛び交うため、規則性を覚えるのが難しい。

「ひと勝負するか？」

「え？」

「教えてやると言っているんだ」

誘われて、シスは少し悩んでから頷いた。トリティは遊戯盤を寝台の上に乗せ、縁に腰掛ける。シスは寝台脇の明かりを盤上が見やすいように移動させ、寝台の上で遊戯盤に向いて座った。

イシュカはトリティと翼棋をしたことはない。

「遊び方はヤチカに教わったか？」

「はい。勝負も何戦か」

「勝敗は？」

「最初の二回はヤチカが勝って、あとの三回は僕が勝ちました」

嘘を言っても仕方ないので正直に答えるとトリティが瞠目《どうもく》した。

「それはすごいな。ヤチカもこの奥殿で侍従見習いになれるくらいだ。嗜《たしな》みとしてそれなりにやり込んできただろうに」

そうなのだろうか。イシュカは前世では父としか遊んだことがなかったのでシスは自分の強さがよくわからない。

「前々翼王陛下と何度か勝負したことがある」

シスは驚いた。初耳だった。トリティは薄布で和らげられた月光の中で静かに微笑んでいた。

「好手でいらしてね。息子……前翼王陛下もなかなかのものだと自慢しておられた」

「仲がよかったのですね……」

父が自分を褒めていたと聞かされると何だかこそばゆい。なかなかのものというのは親の欲目だろうが。

「ああ。打ちながら、自分がいなくなったら息子のことを頼むと言われていたんだ」

「息子。前翼王様、ですか？」

トリティが先手をと促してくる。トリティの前に並べられたのは黒い駒だ。

「話しただろう。サハナは前々翼王陛下の子を産んだと。前翼王陛下は地上人との混血だった。翼王になれるのは大きな翼を持つ者だけだ。前翼王陛下……イシュカ様の翼は、翼王になれるほど成長しないと誰もが思っていた。又従兄弟の私が次の翼王になるはずだったんだ」

シスは盤上から白い駒を一つ取った。

「イシュカ様には後ろ盾になるような存在がいない。だから自分の死後は不自由がないように私が気にかけてやって欲しいと頼まれた」

知らなかった。シスの手が止まる。父はそんな準備までしてくれていたのか。

「どんな方、だったのですか？　前翼王様は」

シスは誘惑に抗えずに聞いてみた。さすがに顔を見る勇気はなくて、盤の目を眺める。ヤチカと遊んでいるときにはまっすぐと思っていたが、少しだけ歪んでいるようだ。揺れる明かりの火のせいでそう見えるのかもしれない。

「素晴らしい方だ」

トリティは迷わず答え、眩しそうに目を細めた。シスは一瞬、別人のことかと思ったが、故人を美化しているのだ、きっと。

「優しくて華奢でとても綺麗で。それなのに私を可愛いと仰るんだ」

シスも覚えている。小さい頃のトリティはとにかく可愛かった。

天上人は幼い頃は上手く飛べないこともあって家の中で大事に育てられるため、最初に出会ったのは、トリティが地上人なら十歳、イシュカが十四歳といったところか。王位継承権を持つ者として外に出られる年齢になって真っ先に父王に挨拶に来たのに、イシュカも同席した。

奥殿から滅多に出ることのなかったイシュカはそんなに小さい子供を間近に見るのは初めてで、とても興奮してしまった。

「私は次期翼王の最有力候補だったから厳しく躾《しつ》けられた。私を可愛いなんて言う人に初めて出会った。けれどそう仰るイシュカ様の方がよほど可愛らしかった。その頃なんて少女人形のように可憐《かれん》で。私はイシュカ様以上に美しい人には未だに出会ったことがない」

過ぎるほどに褒められてシスは落ち着かない。自分とイシュカは違う人間だが、顔は同じだ。自分の顔はそんなにトリティの好みだったのだろうか。トリティはこの顔が好きなのだろうか。

「でも綺麗なだけではない。イシュカ様はとてもお強くもある」

「強い、ですか?」

トリティが頷く。

「ああ。イシュカ様は混血ということで即位後も重臣達によく思われていなかったが、いつも毅然としていらした。天上人だけでなく地上人のことも憂《うれ》い、自分の身を顧《かえり》みず妖獣と戦われた。翼の色と同じ気高い人だった。最初は混血だと色眼鏡で見ていた者達の多くもいつしか見方を変えていたくらいだ。あんなにも素晴らしく完璧な人を、私は知らない」

あまりの褒め言葉にシスは思わず駒を取り落としてしまった。

「どうした?」

「あ、い、いえ……」

熱っぽく見詰められているのは気のせいではないだろう。トリティはシスを通してイシュカを見ている。自分はトリティの語るような人間ではなかった。いつも重圧に押し潰《つぶ》されそうで、逃げたいと考えていた。第一、褒められたのは前世のイシュカであって自分ではない。

（それに、もうその気持ちは恋ではないのだ）

癖になっているのか、先ほどからトリティは何度も耳飾りを触っている。手付きは優しくて、その茶色い羽根の持ち主への気持ちを示しているかのようだった。見せ付けられているような気分になる。

シスは駒を拾い、もやもやする心を誤魔化すように最初の一手を打つ。

「その一手目、前々翼王陛下と同じだ」

トリティが小さく笑う。シスはしまったと思ったが、もう遅い。

「イシュカ様も同じ手を好まれただろうか」

「その方、ですか？　僕に似てるって仰ったのは」

思い切って聞いてみた。

「……そうだ」

「亡くなられたんですね」

「亡くなっていない！」

トリティは声を荒げ、シスの驚きようを見てすまないと謝った。手に握り締めた駒をやおら盤上に打つ。駒と盤はやけに大きな音を響かせた。

「でも、あなたが今の翼王様だということは、前の翼王様は……」

「行方不明だ」

「行方不明？」

「そうだ。襲撃されて酷い怪我をされたことまではわかっている。そのあとの行方が杳《よう》として知れない」

トリティはイシュカが生きていると信じているのだろうか。目の前にいるのがイシュカの生まれ変わりだと言ったら、どんな顔をするのだろう。

「……戻ってこられたらどうするのですか？」

さすがに言う勇気がなくてそう聞くと、トリティは微笑を浮かべた。

「もちろん、王位をお返しする」

「え？」

「約束したのだ。楽園……死後の世界で再会すると。それには翼王であった者として王墓に入っていただかねばならない。だが、在位も短く、混血で、出奔《しゅっぽん》したイシュカ様の代を最初からなかったことにしようとする者がいる。其奴らを黙らせるためには、もう一度翼王に即いていただくのが一番だ。そもそも私の即位は、イシュカ様が亡くなったことを前提にしたものだから、私の即位の方が間違っているという状況になる」

そんなことをしたら天上界は混乱するだろう。それ以前に許す者はいない。だが、トリティはどんな反対を受けても実行する。そんな気がした。シスが生まれ変わりだとわかったら、シスを王墓に葬るとでも言いだしそうだ。シスはますます自分の前世のことを言えなくなった。

「誰にも言ったことがないのに」

トリティは手の中で駒を弄《もてあそ》びながら溜め息を漏らした。

「いけないいな。お前が話し相手だと、つい気が緩む」

しばらく沈黙の中で勝負は進んでいく。

「お前は？」

「え？」

「お前は地上界に帰ったら何をしたい？」

戻ったら……。シスは複雑な思いで考える。

「……まず、ティカに会いに行かないと」

「ティカ？」

「親友なんです。僕が供物になるって決まって、すごく泣いてくれた」

ミクトに縋り付いて、皇帝の立派な服をぐちゃぐちゃにしていたのを思い出してしまい、つい笑みが零れた。

「そんな風に笑うんだな」

目線を上げてトリティの顔を見ると、細めた黒い目で見詰められていた。

「親友がいるのか」

今度はトリティが盤上に目を落とした。

「はい。ずっと一緒で。気の置けない仲で。地上界の盤遊戯も数え切れないくらい勝負しました。よくお菓子や夕飯のおかずを賭けたりするんですけど。僕が勝ちそうになると、理由を付けては、勝負をなしにしようとするんですよね」

「そうか。……羨《うらや》ましいな。私にはそんな気安い友人はいなかった」

トリティは次期翼王として厳しく育てられた。イシュカとは別の意味で孤独だったのだろう。

一心にイシュカを慕ってくれた幼いトリティを思い出す。

短い勝負の結果、勝ったのはトリティだった。

「私の勝ちだ」

「負けました」

トリティは強かった。

「次は、私が駒をいくつか落とそうか？」

「いいえ。いりません」

「お前、なかなか負けず嫌いだな」

思わず申し入れを断ってしまうと、トリティが小さく笑った。

「し、失礼をいたしました」

「いいや構わない。シス、と言ったか」

「は、はい」

初めて名前を呼ばれた。

「すまないが、少し眠らせてくれ」

「え？」

トリティは寝台の上にころりと横になった。寝台は二人が距離をとって寝ても十分な広さがある。

「ここが一番落ち着くんだ」

昨晩はどこで眠ったのか知らないが、この部屋以上に翼王に合わせた広い寝台はないだろう。イシュカも羽根を伸ばせるような寝台でないと眠った気になれなかった。

「勝負はまた明日だ」

小さな欠伸《あくび》をして、トリティは瞼を閉じてしまった。

「翼王、様……？」

本当に眠ったのか。こんな無防備に？　確かに脆弱《ぜいじゃく》な地上人に危害を加えられるなんて考えられないだろうけれど。

シスはそっとその黒髪に触れてみた。横向きに寝たトリティはぴくりともしない。寝顔は少しあどけなくて、昔の面影がある。懐かしい気持ちに突き動かされて、そろりと頭を撫でてみる。

「気持ちいいな」

「あっ」

起きていた。慌てて手を離そうとすると、トリティの手がそれを阻んだ。手首を捕らえられて、頭に戻される。

「もう少しだけそうしていてくれ」

「え？」

「さっきの勝負の負けの罰だ」

トリティは瞼を閉じたまま告げてきた。

「罰……」

「親友とは賭け勝負をしていたんだろう？　私とは不満か？」

「い、いいえ」

むしろ嬉しい。おそるおそる撫でると、眉間の皺が少し消えた気がする。

（頑張っているんだろうな）

自分より優秀だとしても、翼王は激務だ。少しでも疲れが取れるようにと、シスは祈りながら、トリティが本当に眠ってしまうまで、頭を撫で続けた。

そしてこの日以来、夜中に一勝負することが毎日の決まりになった。

＊＊＊
「ずいぶんとあの地上人に気を許されているようですね」

「いきなり何の話だ？」

トリティは執務机に座ったまま眉を上げた。ケルは持ってきた書類の束を机の上に放り出す。奥殿には補佐官も入られない。トリティが奥殿内の執務室で仕事をすると、書類の運搬は必然的にケルの仕事になる。外に出ると雑音が多いため、トリティは奥殿で執務をすることが多かった。

「同じ部屋でお眠りになっているようじゃありませんか」

「ヤチカか」

ケルは護衛官として奥殿のことを掌握している。今は寝室にはヤチカしか入られないようにしているから、一緒に寝ているのを知っているのはヤチカだけだ。ヤチカに口止めをしていないからケルに知られていても仕方ない。

「てっきり、フリだけかと思っていたんですが。本気ですか？」

見通されているだろうとは思ったから驚きはしない。

「まさか」

「本当に？」

ケルは疑いの眼差しで見てくる。本当だと、答えようとしてトリティは口を閉ざした。シスの手の感触を思い出したからだ。毎晩、翼棋の勝負に勝っては眠るまで撫でさせている。あの小さな手で触れられると、不思議と眠れるのだ。悪夢も見ずに済む。

「はっ。あなたの気持ちはそれまでだったということですね」

ケルは鋭い瞳でトリティを睨み付けてきた。

「どういう意味だ？」

「そのままですよ。あの地上人はあの方に似ていますか？　白い肌に金色の髪。瞳も空色だとか。あなたはあの方に似ていさえすれば、本人ではなくても構わなかったのですね」

「お前……。イシュカ様を翼王としてではなく、男として愛していたのか？」

「それは陛下でしょう？」

トリティは奥歯を噛み締めた。図星だろうと、ケルの目が蔑みの色を浮かべた。

「私の前翼王陛下への気持ちは純粋な敬愛です」

ケルは瞼を閉じた。

「あんなにも気高い方を私は知らない」

「お前は代々、護衛官を輩出してきた一族だから、父親に命じられて仕方なく前翼王陛下の護衛官に立候補したのだと聞いたぞ」

「ええ。始めは混血の翼王に期待などしていませんでした」

嫌みを投げると、ケルは目を開いてあっさりと認めた。

「ですが、あの華奢な身体で、自分のことなど放って他人を思い遣る姿を見ているうちに心が変わりました。いっそ愚かなほど必死なあの方を支えたくなった。私はあの方の寿命の尽きるときまであの方を守ろうと自分に誓っていたのです。それなのに任せろと言いながら、あの方をみすみす失わせた現翼王陛下への恨みは未だに晴れていません」

面と向かって恨んでいると告げられて、トリティは何も言い返せなかった。

「あなたにお仕えするのは苦痛だ。そろそろ解任していただけますか?」

「いいや、お前は解任しない」

「何故でしょう?」

「お前が護衛官の中で一番マシだからだ」

それは事実だが、トリティの本音ではない。

ケルの恨みは、トリティの自身への気持ちと同じだ。恨まれることで自身に罰を与えている気になれる。他の誰もトリティを非難してはくれない。

トリティが異変を察知してイシュカのもとに飛び戻ったとき、残っていたのは夥《おびただ》しい血溜まりと、血に染まった白い羽毛だけだった。血の跡が島の端まで続いており、怪我をして雲海に落ちたのだという推測は立った。雲海の先は、どこに繋がっているかわからない。特定の場所以外は、繋がる先も時とともに変化してしまう。

（私にとって翼王は今もイシュカ様だ。できれば即位などしたくなかった）

生きている可能性を訴えたトリティの言葉を聞き入れる者は誰もおらず、喪と見做《みな》した失踪から一年の後、翼王をいつまでも不在にはできないという声に押され、トリティは即位せざるを得なかった。イシュカは文字通り命を賭してこの天上界を守ってきてくれたのに。もし他の誰かが翼王に即位したら、イシュカの存在の記録すら抹消《まっしょう》されかねなかった。

「襲撃犯の手がかりは出てこないか？」

トリティは手で額を覆い、問いかけた。ケルも息を吐き出した。いつになく興奮してしまったことを後悔しているようだ。

「今は家から取り寄せた古い文献を検《あらた》めています」

「文献？」

予想外の言葉にトリティは額から手を外してケルを窺う。

「先祖の手記です。中には雲海の境界や妖獣のことについて書かれているものもある」

ケルは今でも襲撃犯を追っている。

「そうか、頼む」

（犯人が見付かれば、イシュカ様を探し出せる可能性が高まる）

イシュカを失わせた襲撃犯すらわかっていない。あの島を隅々まで探したところ、人間のものと思えなくもない痕跡があった。だが、ただの天上人に、いくら体調が悪かったとはいえ、翼王に致命傷を負わせられるとは考えられない。たまたまあの場所あの時間に妖獣が出現したのだと考える方がまだあり得る。

「せめてご遺体さえあれば」

「イシュカ様は生きている！」

トリティは声を荒げた。翼が広がり、風が部屋中を暴れ回る。それにケルが可哀想なものを見る目を向けてくる。

トリティはイシュカ本人を探し、ケルは犯人を探している。

イシュカの生きている可能性は極めて低い。たとえ生き延びていても、イシュカの寿命は十八年も保つはずがない。それでもトリティは諦められない。

ケルは荒れた部屋を見回して、無言のまま出ていった。

（イシュカ様）

トリティが愛したのは、優しく綺麗な白い翼の人だった。トリティは生まれたときから次の翼王になれと厳しい教育を受けてきた。そんなトリティを唯一子供扱いしてくれたのは自分より年上の少年だった。翼王の唯一の子でありながら混血と蔑まれ、腫れ物のような扱いを受け、それでも微笑み続けた人。

初めて会ったときのことをトリティは未だに鮮明に覚えている。

昼の光に白い翼が輝いて目を奪われた。その持ち主は翼よりもさらに輝くような顔立ちで、少女とも見紛うくらいだった。トリティを見て、薄紅色の唇が笑みを浮かべ、手を握ってきた。温かくて柔らかかった。

『君がトリティ殿？　とても可愛いんだね、君』

鈴のようにころころと笑う人に、幼いトリティは可愛いのはそっちじゃないかと心から思った。それまでトリティの周囲には、あんな風に純粋に笑う人なんていなかった。トリティを可愛いなんて言う人もいなかった。

あの日、トリティは恋に落ちた。絶対に叶わない恋に。

(叶わなくて構わない。私はただ、イシュカ様を幸せにしたかっただけだ)

「私があのとき、イシュカ様を一人にしなければ」

トリティはずっと後悔し続けている。その後悔は頻繁に夢にも現れる。血塗れのイシュカが、恨みの籠もった瞳でこちらを見据えてくるのだ。声は聞こえない。どんな怨嗟《えんさ》を訴えられているのか、怖くて聞けない。

そっと頭を撫でてくる柔らかく小さな手の感触が思い出された。

シスに撫でられて眠ると、不思議と悪夢を見ずに済む。

シスはイシュカではない。だが、イシュカといるときのように心が安らぐ。翼棋の勝負で笑ったり、拗ねたり、驚いたりする。その表情をもっと見てみたい。

「馬鹿な……」

トリティは自分の考えたことに愕然《がくぜん》とした。

(どんなに似ていても、あれはイシュカ様ではない……)

頭では理解している。けれど、あの少年が皇帝の側妃になると言ったとき、自分が拒まれたとき。まるでイシュカに拒まれている気がした。

(シスは、イシュカ様の生まれ変わりではないのか……)

ふとそんな考えが頭を過った。

他人、あるいは遠い血縁だったとしても、似過ぎている。顔だけではない。雰囲気や仕草が似通っている。おまけに年齢まで消えた年と一致する。

(いや、それはない。生まれ変わるには百年が必要だというではないか)

たとえ生まれ変わりだとしても、生まれてから供物に選ばれるまでは何不自由なく幸せに暮らしてきた子供とトリティの愛したイシュカは別人だ。

(それに、生まれ変わりだとしたらイシュカ様は、死んだことになる)

イシュカを失ったという事実を認めたくないから、トリティは生まれ変わりの可能性を認めるわけにはいかない。だが同時に、イシュカの若い頃と瓜二つの存在の出現に、心が浮き立ち、沈み、また浮き立つ。

「……イシュカ様、どこにいらっしゃるのですか」

イシュカさえ戻ってきたら、全て解決するのに。

絞り出した声は掠れていた。

＊＊＊

「シス様、何をなさるつもりなのですか？」

天上界に来て十日が過ぎた頃。シスはヤチカに道具を用意してもらい、薄暗くなってから浴室に向かった。

「あれが壊れているみたいだから、直そうと思って」

本当は明るいうちにやりたいが、万が一にでも外から覗き込まれて顔を見られるわけにはいかない。

浴室の壁に取り付けられた湯口だ。本来なら奥殿の雑用が仕事の侍従に任せるべきなのだが、シスの顔を隠すため浴室と寝室はヤチカ以外立入れない。

「高いな」

飛べれば何のことはない高さなのだが、シスには翼がない。爪先立ちをしても届かないので、袖を捲り、岩壁に取り付いた。

「シス様！　僕がやります！」

ヤチカが慌てる。

「大丈夫。それに同じ高さで飛び続けるのは子供には難しいだろう？」

「それは、確かにそうなんですけど」

地上界では毎日急峻な祭壇を上っていたのだ。平衡感覚《へいこうかんかく》には自信がある。

シスは岩の窪《くぼ》みに手をかけながら、少しせり出した部分にある湯口まで上りきる。覗き込むと、どうやら壁から剥がれた小石が詰まっているだけのようだった。これならすぐに直せると、穴の中に手を突っ込み、石を取り除いていく。

「ん、固いな」

小石の合間に砂粒が挟まっているようでなかなか取れない。湯はすぐその向こうまで来ているのに。

「くっ」

両手を使って思いきり手前に引いてみる。がくんと手応えがあった。

「わっ！」

だが予想以上に一気に取れてしまったらしい。足だけでは踏ん張れなくて背中から落ちてしまう。高さはそれほどではないが、頭を打ったらまずい。シスは咄嗟に、背中に力を込めていた。そこに翼はないのに。

「っ、え……?」

衝撃は訪れなかった。代わりに温かく力強い身体に抱き止められていた。この体温には覚えがある。

背後を振り返ろうとしたところで、頭の上からどっと湯が落ちてきた。

「うわっぷ!」

土交じりの湯だった。思わず目を閉じる。少しすると勢いが落ち着いてきたのでそっと目を開けた。

「見た目に似合わず危なっかしいことをするんだな」

呆れた表情のトリティの顔が間近にあった。トリティもずぶ濡れだ。黒髪から雫《しずく》が滴っている。

「あ、も、申し訳ありません」

「いや、お前が無事でよかった」

トリティは大きい溜め息を零す。その間にも湯が落ちてきている。土は落ちきったのか濁りはなくなり、汚れを落としてくれるが、びしゃびしゃだ。

「しかし一体これは何ごとだ?」

トリティは湯の落ちる場所に頭を移動させ、顔に残っていた土を落とした。そのまま湯を掬ってシスの顔も拭ってくれる。

「あ、あの、あそこが打ち湯のようなのに、お湯が落ちてこないので直そうと思って……」

シスは壁の湯口を指差した。すっかり透明になった湯が湯気を立てながら落ちてきている。

「ああ。あれは打ち湯の湯口だったのか……」

トリティは少し沈黙した。

「よく気付いたな。言ってくれたら私がやったのに」

「あなたにそんなことさせられません！」

そもそもトリティのために修理しようと思ったのだ。

最初に翼棋を打ったあの日から、トリティは毎夜のように寝室に現れてひと勝負していくようになった。シスは昼間何もすることがないので、昼に眠れる。でもトリティはそうではない。トリティはとても忙しそうだ。部屋に帰ってくるのはいつも深夜で、翼棋で毎回勝ってシスに頭を撫でさせながら寝て、陽が昇る前にはもう出ていってしまう。せめて湯浴みくらいは気持ちよくして欲しいと思って修理を決意したのに。

「お忙しいのに、ご迷惑をおかけして申し訳ありません」

「構わない」

トリティはシスを床に下ろす。そしてシスを眺めて、胸の辺りで不自然に目線を逸らした。

「……拭くものが必要だな。風邪をひく」

何かあっただろうかとシスは自分の身体を見下ろした。白い部屋着が濡れて、肌に張り付いている。胸の突起の色までくっきりと見えているのに気付いて唐突に羞恥《しゅうち》を覚えて腕で身体を隠した。

薄っぺらい、男の裸の胸だ。隠すようなものではない。そう思うのに、トリティの視線を意識してしまうと恥ずかしくてたまらない。

「来なさい」

トリティが腰に手を回して脱衣所に連れていってくれる。

「陛下、こちらを」

いつの間にかいなくなっていたヤチカが布を抱えて戻ってくる。

「ヤチカ、助かった。呼んでくれなかったら怪我をさせているところだった」

「いいえ。僕がお止めできなかったばかりに申し訳ありません」

項垂れるヤチカの頭を、トリティが布を受け取りながら撫でてやる。ヤチカは嬉しそうな顔になる。

「あとはやっておく。下がっていてくれ」

「は、はい」

ヤチカは布を全部トリティに渡して出ていった。

「お前も拭きなさい」

大判の布をすっぽりと被せられる。その下には着替えが用意されていたようだ。トリティはシスの服を手渡し、自分も上着を脱いだ。

「っ」

シスは息を呑んだ。トリティの裸体は雄々しかった。鍛えられているのは何度も抱き締められたから知っているつもりだったが直に見ると想像以上だった。肩から腕にかけて発達した筋肉が見て取れて、腰回りは締まっているのに腹筋は太くくっきりと割れている。背中も大きな翼を支えるに相応しく隆々と筋肉が盛り上がっていた。成人した男性の身体だ。黒髪から滴った雫が、シスより浅黒い肌を伝って落ちていく。

「どうした?」

「あ、あの、いえ……」

「私の裸を見て欲情でもしたか?」

トリティは冗談で口にしたらしい。だがシスは、ここに連れてこられた日のことを思い出した。あの身体に覆い被さられ、大きく骨ばった手で扱《しご》かれ、絶頂に導かれた。心臓が高鳴ってうるさい。身体が熱くなり、火照《ほて》っている。

「本当に欲情したのか?」

シスの反応にトリティが驚いたように目を瞬いて確認してくる。

「ち、違います」

しかし、頬に手を添えられ上を向けられる。黒い瞳にみっともなく狼狽《うろた》える、赤い顔の自分が映っていた。

「私の相手をするのは嫌ではなかったのか？」

そうだと言わなければいけない。それなのにシスの舌は縺《もつ》れて何も言葉にできない。

「困ったな」

トリティが眉尻を下げる。何か懊悩《おうのう》しているようだ。その姿はとても色気が漂っていて、シスはますます顔を赤くしてしまう。

「私はお前に本当に手を出すつもりはなかったんだ」

その言葉がシスの胸にぐさりと突き刺さる。

「それなのにそんな反応を見せられるとどうしていいかわからなくなる」

シスの身体が被された布ごと抱え上げられた。

「っ、翼王様？」

「その声もいけない」

連れていかれたのは寝台の上だった。仰向けに下ろされたシスへ逞しい体躯が覆い被さってくる。

「ぁ……」

明るい室内で顔を見下ろされ親指の腹で唇をなぞられる。寒さからではなく身体が震えた。

「さっき、お前が怪我をするのではないかと思って肝《きも》が冷えた」

トリティは顔を歪めた。

「ごめん、なさい……」

あれは自分が悪い。シスは素直に謝った。

「で、でも、あれくらいの高さなら、ちょっとの怪我くらいで」

「あの高さでも打ち所が悪ければ死ぬこともある」

「……」

「お前を失いたくないと思った」

「翼王、様……」

「この気持ちは何なのだろうな」

トリティは複雑そうに零す。そんなことを言われても、シスにわかるわけがない。

「試してもいいか?」

「試す?」

「嫌なら言いなさい」

トリティの顔が近付いてきた。拒否しなければと思うのに声が出ない。挙げ句の果てにぎゅっと瞼を閉じてしまった。唇にふわりと温かな吐息がかかり、それよりもっと柔らかいものが触れてきた。

そっと。壊れやすく貴重なものを扱うかのように。

時間をかけて押し当てられたあと、一瞬だけ離れて、今度は下唇が食まれるように覆われる。感触を少しずつ確かめられている。唇が触れ合っているだけなのに、胸がいっぱいになってくる。

（リティと、口付けしている）

口付けを続けられながら身体を包む布を開かれた。濡れた衣服も脱がされてはだけられる。大きな手が喉元から鎖骨《さこつ》を辿り、胸に下りていった。水の冷たい刺激に少し硬くなっていたらしい細やかな尖《とが》りを指先が掠める。

「っあ」

身体がぶるりと震えた。

「ここが弱いのか？」

唇が離れていって耳元で囁かれる。同時に引っかかった場所を押し潰された。

「んっ、ちが……」

濡れた髪をぱさぱさと振りながら訴えたが、トリティは許してくれなかった。

「愛らしい色だ。まるで野に咲く可憐な花だな」

「そんな、こと……」

親指の腹で円を描くように押し込み、次に人差し指も使って摘まんできた。

「あっ」

切ない痺れが背筋を走った。

「もっと聞かせるんだ」

自分のものとは信じられないくらい甘い声を、トリティは気に入ったらしい。

「ん、やめ、あっ、あ……」

執拗《しつよう》にシスに声を出させようと刺激してくる。シスは逃れようと身を捩ったが、トリティは許してくれなかった。それどころかもう片方の粒が指とは違う感触に包まれた。

「な、に、あ、ああっ」

目を開いたシスは言葉を失った。そして言うべき言葉が思い浮かぶよりも前に先ほどよりも甲高《かんだか》い嬌声《きょうせい》が口を突いた。トリティが乳首を吸っていたのだ。唇の間に挟み込まれてゆるく引っ張られ、ちゅうと吸われる。口の中に入った先端は舌先で嬲られた。

「嫌、それ、あ、あ、あっ」

柔らかな刺激だ。歯を立てられたわけでも強く引っ張られているわけでもない。けれど指で摘ままれているときよりも刺激が強い。腰に熱いものが蟠《わだかま》ってじんじんとしてくる。

行為以上に熱から逃れたくて太腿を擦り合わせる。すると両の太腿の間にトリティの手がかかった。

「ひあっ」

一度も触れられていないのにそこはいつの間にか天を衝いていた。下着越しでもトリティの手がひんやりと感じられるくらいに熱を持っていて、硬い。

「あ、あっ」

厚い身体を押し退けようと手を突っぱねたけれどびくりともしない。それどころか、直に触れた肌の感触に心が震えた。冷えていたはずなのに温かくなっていた。しっとりと濡れた肌に掌《は》を這わせる。体温と鼓動が伝わってくる。

「あっ」

急にトリティが上半身を起こした。服を下着まで全て剥ぎ取られ、腰を抱き取られて膝の上に座らされる。

「何……？」

向かい合う格好で、尻の下に、自分のものより熱く硬いものが当たっていた。驚いて背中に手を回し、指が翼の付け根に触れた。

「っ」

トリティが小さく声を上げる。

「ごめんなさい」

天上人の翼は敏感な器官だ。特に大人は滅多なことでは人に触らせない。

「構わない。お前なら触れていい」

間近でトリティがそんなことを言う。腹の奥底にどろりとした気持ちが生まれた。それがどんなものなのか自分でもわからないまま、唇を奪われた。

「っ、あ、ふ……」

先ほどとは違う、深い口付けだった。唇の合間から厚い舌が潜り込んできた。上顎や歯の裏をぬるりと舐《な》められてぞくぞくした。怖くて目の前の身体にしがみ付く。翼は触ってはいけない場所なのに、ちょうど手の当たる場所にあるものだから縋り付いてしまう。

「んぅ、んっ」

腰を取られて引き寄せられる。トリティの引き締まった腹で性器が擦れて気持ちいい。内腿の敏感な部分を熱くて硬いものが突き上げてくるのも気持ちいい。

「あっ、あっ、あ……。翼、王、さま、お願い、もう……」

「私の名はトリティだ。そう呼んでみろ」

囁かれてシスはできないと頭を振った。

「呼ぶんだ」

トリティは腰をもっと強く自分に引き寄せた。もう片方の手で背中も押さえ、自分に寄せようとしてくる。

「あっ――！」

シスは大きく震え、背中を反らした。

「ここが感じるのか？」

トリティが触れてきたのは肩甲骨の辺りだ。ちょうど、天上人なら翼の生える部分。

「だめ、それ、変になるっ」

温かい手がなぞるだけで、下肢に与えられている刺激以上の痺れが全身に走る。

「ッ、あ、あっ、触らないで、お願いっ」

懇願したのにトリティはやめてくれなかった。仰け反ったせいで下肢がいよいよ密着してしまって気持ちいい。気持ちいい。腰が勝手に揺れる。背中をくすぐられると身体がビクビク震えるくらい気持ちいい。気持ちいい、気持ちいい。頭の中がそのことだけでいっぱいになって何も考えられない。気持ちよさが空を翔け上がるときみたいに上り詰めていく。

「も、いくっ、リティ……！」

「くっ」

シスはトリティの黒い翼をめいっぱい握り、頂から落ちた。

「大丈夫か？」

気が付くと、寝台に寝かされていた。真新しい服を着せられていて、肌がさらさらと気持ちいい。

「すまない。無理をさせたな。辛いところはないか？」

覗き込んでくる黒い瞳は優しい。シスはゆるゆると頭を振った。

「そうか。……さっき、私を何と呼んだ？」

「あ……」

しまった。朧《おぼろ》げにリティと呼んでしまった覚えがある。

「申し訳ありません。呼び捨ててしまって」

「呼び捨て……。いや、それは構わない。最初の一音を聞き逃しただけのようだ」

トリティは自分で納得したようだ。

「私はまだ仕事があるから出ていく。あとは寝ていなさい」

トリティは少し逡巡《しゅんじゅん》した様子を見せてから、シスの頬に唇を寄せ、寝室から出ていった。

頬に残る感触に、シスは小さく嗚咽を零した。指先にふわふわした感触がする。見ると、黒い羽毛が爪に引っかかっていた。口元に運び、唇を寄せる。

涙が溢れてくる。自分がトリティの裸に欲情したばっかりに、とんでもないことになってしまった。止めなければいけなかったのに、止められなかった。

トリティに触れて欲しかったから。

次に目が覚めたのは朝だった。

「シス様、おはようございます」

声をかけてきたのはヤチカだった。いつもと同じ朝だ。

「ヤチカ？　おはよう……」

寝台の上で何度か目を瞬き、シスは飛び起きた。昨日のことを思い出した。どうやらあれから泣き疲れて眠ってしまったらしい。だが、寝台には一切の痕跡がない。でもシスの身体に微かに残る違和感はあれが現実だったと教えてくれる。

トリティに抱かれた。一線は超えなかったけれど、あれは抱かれたも同然だ。自分の身体を抱き締めると、ぶるりと震えた。快楽の記憶に引き摺られそうになるのを何とか止める。

ふと顔を上げると、ヤチカの様子が戸惑った様子でこちらを見ていた。

「どうかしたのか？」

シスが問いかけると、ヤチカはびくりと肩を震わせた。

「い、いえ、あの……」

様子がおかしい。もしかして昨晩のことを知られているのだろうか。口止めをしておかなければと思った。

「ヤチカ、昨日のことだけれど」

「あ、大したことがなくて何よりです。陛下にはシス様は濡れたせいで微熱が出ているようだから、起こさないでくれって言われていたんですが、もう大丈夫そうですね？」

「え、あ、うん」

どうやら何があったかは気付いていないらしい。

「僕、朝食を持ってきますね」

ヤチカは急いで朝食を持ってきてくれた。いつもと変わらない今朝採れた新鮮な果実や野菜を中心にした食事だ。天上人は甘くて瑞々しい果実を好む。

「ありがとう。ん？」

顔を洗って寝室に食事用に準備された卓の上から丸い果実を一つ摘まむ。

「あ、それは」

「ヤチカ、この青い実は毒だぞ。食べても死にはしないが、腹を下してしまう」

太陽の実とも呼ばれる真っ赤な実の中に青いものが一つ交じっていた。シスの言葉にヤチカは驚いた顔をしている。

「ヤチカ？」

「あ、いえ、すみません。本当だ。埋もれていたから気付かなかったみたいです。未熟な実が毒なのは子供でも知っているから、食べるような人はいないと思いますけど、厨房にも気を付けるように言っておきますね」

ヤチカは長い言い訳を口にしながらそそくさと実を皿ごと回収していった。大失態だと焦ったのかもしれない。戻ってきたら気にしなくていいと言ってあげようと決めて、シスは残った食事の中から切り分けられた黄色い実を齧《かじ》った。甘酸っぱい果汁が唇から零れて指で拭う。

「っ……」

唇に酸が染みた。昨日、沢山《たくさん》口付けられたせいで少し腫れているらしい。そっと触れると、熱も持っているようだった。

食事を終えたシスは寝台の上に移動し、膝を抱えて横になった。イシュカのときも、こうやって寝ていた。上を向いて寝ると、翼が押し潰されてしまうから。そのイシュカの使っていた寝台で、トリティと。罪悪感に押し潰されそうだ。

「リティ……」

あんなことといけない。トリティは翼王で、正しい伴侶がいて、自分はただの地上人だ。それなのに、心の奥底で歓喜している。

＊＊＊

「あの打ち湯は気持ちいいな。翼の隅々まで届く」

夜中になってトリティがやってきた。先に浴室に入った気配がしたので、落ち着かない気分で待っていたシスにそう話しかけてくれた。

「それは、よかったです。あ、髪がまだ濡れています」

早速使ってくれたのだ。

顔を合わせるまでどう接するべきか悩んでいたが、ついそちらが気になって口にしていた。

「拭いてくれるか？」

トリティは何度か目を瞬くと、寝台に腰掛けて布を渡してきた。

「え？　は、はい」

シスは頷いて寝台に上がってトリティの背後から髪に布を乗せる。艶やかな黒髪から水気を吸い取り、丁寧に乾かしていく。今のトリティは普段は前髪を上げていて実年齢よりさらに大人びて見えるが、風呂上がりに髪を下ろした姿は年齢相応に見える。何だか可愛いなと思った目線の先で、茶色い羽根飾りが揺れている。

「慣れているな」

「神殿で、小さい神子達の髪もやってあげていたので」

「……」

「どうかしましたか？」

「いや、羨ましいと思っただけだ」

「羨ましい？」

聞き返すと咳払《せきばら》いされた。

「お前は拭くのが上手いからな。気持ちがいい」

そんな風に言われると嬉しくなる。シスは色々思い悩んでいたのも吹き飛んで、上機嫌に髪を乾かしていく。黒髪から滴った雫が翼を出すために大きく開いた背中に落ちた。深く考えもせずシスはそこを拭った。

「あ、ご、ごめんなさい」

雫を追って翼の根元にまで触れてしまった。

「それは誘っているのか？」

「え？」

トリティが振り向き、布を持つシスの手を握ってくる。月明かりに煌めく黒い瞳がシスを見ていた。

口付けられる、と思ったときにはもうそうされていた。

「んっ、ふ、あ……」

腰を取られてゆっくり寝台に押し倒される。ちゅ、ちゅっと、優しい音を立てながら唇を啄まれる。それだけでシスの身体はじんと痺れた。たった一度、いや、二度で、トリティから与えられる快楽を身体は覚えてしまった。夢の中で感じていたのより、何十倍、何百倍も刺激的で、気持ちよかったから。

「今ならやめられる。嫌なら言いなさい」

両腕に顔を囲った格好でトリティが確認してきた。

やめてと言わなければならない。そう思うのに言えない。また昨日みたいにして欲しい。だってきっとしてもらえる機会はほとんどない。トリティには本当の伴侶がいるから。

今世の自分は本当に強欲だ。トリティに、知らない伴侶に、ごめんなさいと思いながら瞼を閉じる。

「……知らないからな」

トリティは怒ったように言うが、仕草は優しかった。ゆっくり服を脱がされながら昨夜知られた感じる場所をじっくり愛撫される。

「あっ、あっ、ん」

唇も舌も使って肌を味わわれているのではないかと思う。それくらいトリティは執拗に色んなところに唇を這わせて舐めてくる。特に、胸なんて、ぐっしょり濡れてしまうくらいで、夜気に当たってひんやりする。

「肌が白いと、痕が残りやすいんだな」

濡れた乳首を押し潰されながら囁かれた。身体には、昨晩の痕がはっきり残っている。

「ん、うっ」

胸のあとは身体を俯せに返されて、下肢を弄《いじ》られながら背中に口付けを受ける。地上人の身体のそこがどうしてそんなに敏感なのか。

「あ、あっ、ああっ、それ……っ」

「声は我慢しなくていい。もっと聞かせるんだ」

「ん、あ、あっ、ひあっ」

前世の記憶のせいなのか。肩甲骨の周辺に口付けられ、舐められ、齧られると甲高い喘ぎが止められなくなる。

「ああ……っ」

絶頂までもう少しというところで、ふいっと、トリティが離れていったが、身体の熱は鎮《しず》まらない。呼吸が弾みっ放しで、頭が回らない。擦られていた性器も痛いくらいに勃起したままだ。閉じた太腿に、熱い塊が押し当てられた。ぬるついている。トリティの、雄だ。

ぶるりと震えたシスの太腿の間にそれが押し込まれた。腰を引き上げられ、四つん這いの姿勢にされる。

「あ……」

トリティはそのまま腰を前後し始めた。

「あ、あっ、あ……」

大きくて硬い熱塊が太腿の間でゆったりと行き来する。袋の裏の柔らかい部分が幹で擦り上げられる。先端が袋をぐいぐいと突き、ぬるんと表にまで出てきた。

「ひっ」

自分の身体を手で支えられていられず、肘《ひじ》をついた。

「あ、そんなっ」

トリティの先端は幹の裏側をごりごりと擦っていく。

「あ、あ、これ、こんな……」

本当に性交しているみたいだ。

ぬるぬるとぬめりを帯びた熱い楔《くさび》が柔い太腿の間を行き来する。

「あ、あ……」

律動が激しくなってきて敷布を掴んで衝撃をこらえる。

(どうしよう、リティが、僕で気持ちよくなっている)

これまでの二回は、いずれもトリティが反応している気配はあったが、シスが追い上げられただけだ。でも今は明らかにトリティが自分の快感を追っていた。トリティの逞しいものに敏感な色んな場所を刺激されて気持ちいい。でも、それ以上にトリティが気持ちよくなっていることが嬉しい。

「あ――……っ」

トリティが肩の下……シスの一番感じる部分に噛み付いてきた。その瞬間、シスは痙攣しながら精を放っていた。

「くっ」

トリティが呻《うめ》いて、股の間に熱いものがぶちまけられた。トリティも極めたのだ。

「すまない、こんなことを……」

はあはあと弾んでいた息を呑み込んで、トリティは謝罪を口にした。ずいぶん後悔しているようだった。

謝るのは自分の方なのに。何も言えずにいると、トリティが背中を撫でてくれる。

「せめて最後まではしない。約束する」

トリティの優しさが苦しかった。いっそ最後まで抱いて欲しい。でも自分は本当の性交には値しないのだ。股を伝い落ちる二人のものが冷えていき、虚しさが兆す。

この夜以来、翼棋に変わって秘めごとが毎夜の決まりになってしまった。

＊＊＊

シスが天上界に来てひと月《つき》ほどが経った。初めてトリティは昼間にやってきた。

「どうされたんですか？」

ヤチカと並んで本を読んでいたシスは首を傾げた。ヤチカは慌てて部屋の隅に下がった。

毎晩のことが先に頭を過ってしまったが、昼間にあれをするわけがない。シスは慌てて思考を振り払う。

「これを」

トリティは籠を抱えていた。籠《かご》の上には白い布がこんもりと載っている。何だろうと受け取ると、ずっしりと重かった。突然、布がもぞもぞと動いた。

「フェーン」

「わっ！」

布の中から顔を出したのは真っ白なアルパカの子供だった。つぶらな黒い瞳が不安そうにシスを見上げてくる。シスの腕にも抱えられる大きさで、生まれてさほど経っていないだろう。

「ファフの子のようだ」

「ファフの？」

「ああ。肢を怪我して上手く歩けないらしい。ファフはこういう怪我は人間の方が救えると知っているようだな。私に押し付けてきた」

よく見れば、後ろの左肢に添え木がされている。衰弱もしているようだ。とても小さいのはもしかしたら未熟児なのかもしれない。籠に入れられているのに、外に出ようとする気配がない。黒々した瞳も潤み、目ヤニで睫毛《まつげ》が乾いて固まり痛々しい。確かにこれでは自然界では生きていけないだろう。

ファフはイシュカと父が怪我を治してやったときのことを覚えていたのだろうとシスは思い当たったが、それは言えない。

「ファフに信頼されているんですね」

イシュカの記憶ではファフはトリティを嫌っていたはずなので少し不思議だった。

トリティは苦笑した。

「昔は嫌われていたがな。頻繁にあの島に行くうちに、少しずつ打ち解けた」

何のためかは教えてくれなかった。だが、間違いなくイシュカに関係することだろう。

「私はしばらく留守にする。この子の世話をして欲しい。手当ては終わっているから、安静にさせておいてくれ。食べ物は用意させている。世話の仕方は詳しい者からヤチカに教えておく」

「どちらへ行かれるのですか？」

よく見れば、トリティは動きやすい衣装を着ていた。シスは嫌な予感を止められなかった。

「北の無人島だ。妖獣が出たらしい。少し遠い場所だから、数日留守にすることになる」

「……どうか、ご無事で」

行かないで欲しいという言葉を呑み込んでシスはやっとそれだけを告げた。籠を腕の中で抱き寄せると、トリティが優しい顔になる。

「心配するな。私は強い。滅多なことではやられはしない」

「わかっています。でも……」

自分と違ってトリティが心身ともに強いことは知っている。それでも不安に胸が押し潰されそうだ。

「お前は優しいな」

シスは頭を振った。優しくなんてない。ただ弱いだけだ。黙って待つこともできないだけだ。でも我慢して微笑んだ。

「お前……」

トリティが驚いた顔になり、すぐ思考を振り払うようにゆるく頭を振る。

「退屈だろう。この続きになっている部屋ならどこに入ってくれても構わないし、勝手に使ってくれてもいい」

トリティは話題を変えた。最初の頃は、何にも触れないようにと言っていたのに。

「留守の間、私の警護官を置いていく。部屋には入らないように命じてあるが、決して顔を見せないようにしておいてくれ。何かあればヤチカを通じて」

行かないで欲しいと言えるわけがない。保護されているだけのシスにその権利もない。

俯いたシスに、トリティは小さく笑った。

「なるべく早く帰ってくる」

トリティが籠を奪って横に置く。代わりに抱き締められて唇に唇が押し付けられた。シスはたまらずにトリティの首に腕を回し、口付けを深めてもらった。


「シス様。シス様！」

「え、あ、ああ、私……僕の番か」

目の前に翼棋の盤があり、向かいではヤチカが気遣わしげにこちらを見ていた。

「はい」

シスは隣に置いた籠を見た。籠の中ではアルパカの子供がぐっすり寝ている。チェナと名付けた。チェナは懐っこく、人間を恐れない。ふわふわの毛並みをそっと撫でてから、盤を見た。

「僕の負けだ」

いつの間にか負けていた。

「え？」

「ほら、こうして、こう、こうで、詰み」

「あ、あれ？　本当だ」

ヤチカも気付いていなかったらしい。シスは薄布のかかった窓を見上げ、溜め息を零した。

「何度目か覚えていますか？」

「何のことだ？」

「その溜め息ですよ。昨日、陛下が出発されてからずっとその調子です」

「そうだった、かな」

「はい」

ヤチカは呆れ顔で駒を片付けていく。

「もう終わりか？」

「だってシス様、ぼんやりしてて集中してくれないんですもん。勝っても嬉しくありません」

「ごめん」

「いいえ。どうですか？　気分転換に寝室から出ませんか？　陛下から許可は出てますよ」

そんな気分にはなれなかったが、ヤチカがせっかく提案してくれたのだ。シスは予《あらかじ》め渡されていた顔布で目より下を隠し、一ヶ月ぶりに寝室から出た。

空を飛ぶのは好きだが、もともと、室内で過ごす方が多かった。イシュカのときもシスのときも。翼王の寝室は地上界で過ごしていた部屋の何倍も広いし、不自由だと思ったことはない。

寝室の隣は居間になっている。最初の日にはあまり見る余裕がなかったが、こちらもイシュカの時代から何一つ変わっていなかった。絨毯など色褪《いろあ》せ始めている。

「その絨毯、陛下が選ぶ暇がないからって変えさせないんですよ。侍女達が零していました」

それはそうだろう。こんな古びた絨毯、翼王の居室に相応しくない。

もしかして、時間がなくて部屋の模様替えもできていないから本当の伴侶を迎え入れられないのだろうか。

「そうだ。シス様から陛下に言っていただけませんか？　いい加減、取り換えましょうって」

「僕が？」

「はい。シス様の言うことなら聞いて下さると思うんです。何しろ、シス様は陛下の伴侶様でしょう？」

「ヤチカ、僕は伴侶様じゃない」

慌てて否定すると、ヤチカがきょとんとした顔になる。

「でも、陛下が出発されるとき口付けされていたし」

そういえば見られていたと、シスは顔を俯ける。

「それに毎晩……」

言いかけたヤチカが真っ赤になった。シスも俯いたまま真っ赤になる。最初のときは気付かなかったようだが、あんなに毎晩続けていれば気付かれないわけがない。シスの行動範囲の片付けは、シスも手伝うが、ヤチカが一手に担っているのだ。でも一線は超えていない、などと言うわけにもいかず、シスは沈黙した。

トリティは絶対に、最後までしようとしない。でも、毎晩、触れてくる。自分のことを、どう思っているのだろう。本当の伴侶には会えていないらしいし、ちょうどいいからと性欲をぶつけてきているだけなのか。それとも……。

「陛下、シス様が来られてからずいぶん変わられました」

「変わった？」

「陛下はとても尊敬できる方ですけど、いつも怖い顔をされていて、あんな穏やかな表情なんて見たことなかった」

「怖い顔？」

確かに地上界で出会ったときなどは難しい顔をしていた。でも、シスに対しては基本的に優しくしてくれる。

「ずっとあのままだと思っていたのに。……一体、シス様は何者なんですか？」

ヤチカの質問の意味をシスは取りかねた。

「何者って、僕はただの地上人で……」

ヤチカの瞳が本当にと聞いてきている。心当たりは沢山ある。ヤチカは一体何に気付いているのか。

溜め息を零すと、ヤチカが飲み物をもらってくると居間から廊下に出ていった。勝手に誰か入ってこないようにと、外から施錠される音がする。

「フェーン」

か細い声が聞こえてきた。

「チェナ？」

眠っていたが起きたのだろうか。シスは慌てて寝室に戻った。だが、籠の中にチェナはいなかった。

「チェナ！」

部屋を見回すと、浴室に続く扉が開いていた。走って浴室に入ると、チェナがひょこひょこした足取りで浴槽に向かって歩いていた。シスは胸を撫で下ろした。

「こら。心配したぞ」

抱きかかえようとすると少し嫌がる。浴槽に行きたがっているようだ。

「もしかして喉が渇いたのか？　すまない、気付かなくて。ほら」

シスは浴槽の湯の温度を調整するための水を引く水路にチェナを連れていき、下ろしてやった。チェナは水路に口を突っ込んで飲み始めた。籠に水の入った器を用意してあったが、飲みにくかったのかもしれない。

「ごめんな、気付かなくて」

「あなたがシス様ですか」

水を飲み終わったらしいチェナを抱え上げたところで、急に影が差した。

「誰だ！」

浴室の坪庭の空を覗ける位置に、男が一人飛んでいた。深緑の翼を器用に折り畳み、坪庭の上を覆う格子に降り立ち、声をかけてきた。

「ご安心を。私はケル。トリティ翼王陛下の護衛官です。陛下の留守の間、あなたをお守りするように命じられている者です」

シスは声を出さずに頷いた。自己紹介されなくても知っている。

「こんな怪しい登場をした私をずいぶん簡単に信じるのですね」

「……」

「まあ信じてくれるなら面倒がなくていい」

ケルの雰囲気がシスの知っているものと違う。ケルはこんな投げ遣りな言い方は好まなかった。イシュカの命令に実直に従い、時折は諌めたり心配したりしてくれた。

「そう警戒しないで下さい。私はただ知りたいだけなのです。翼王陛下に取り入ったあなたの正体を」

ケルが格子の向こうで目を眇める。顔を見られようとしていると悟ったシスはチェナを腕に抱いたまま後退った。

「ケル様！　何をなさっているのですか！」

背後からヤチカが現れた。

「シス様には会ってはならないと命令されたでしょう！　陛下の命令を破るなら、もう協力しませんから！」

「私は用があって奥殿に向かって飛んでいただけだ。そうしたらその伴侶様の声が浴室辺りから響いてきたので、昼間は出るなと注意をしに来たまでだ」

ケルは格子の向こうで腕を組み、ヤチカに言い聞かせる。

嘘だとシスは思った。奥殿の上空は飛行が禁止されている。規則にうるさいケルが破るわけがない。声が聞こえたのは本当かもしれないが、シスの顔を見に来たのだ。

「じゃあもう用は済みましたよね。シス様行きましょう」

ヤチカがシスの腕を掴んで寝室に引っ張っていく。ケルはそれ以上何も言わなかった。

「シス様、昼間は浴室に出ては駄目ですよ」

「ヤチカ、協力って何？」

寝室に戻ってシスは気になったことを聞いた。ヤチカがぎくりと身体を強張らせた。

「それは、あの……」

「ヤチカ」

厳しく言うと、ヤチカは観念した。

「ケル様は、シス様が怪しいって言うんです」

「僕が怪しい？　どういうこと？」

「……あんなに誰も寄せ付けなかった陛下が気にかけるから」

「それで？」

「僕は、大したことはしていません。毒の実は、もし食べようとしたら止めるつもりでしたし！」

「毒の実？」

いつか朝食に出た青い実だ。あれが毒だと子供でも知っているはずだ。

シスははっとした。

「あれ、地上界にもあるんですよね？」

ヤチカは不安そうに確認してきた。

あると答えたらヤチカは安心するだろう。だが、ないのだ。同じ植物はあるがあの青い毒の実は、地上界には存在しない。天上界の空気が薄く朝の霧雨で冷えるせいであの未熟な実ができると言われている。地上のものにも若くて青い実はあるが、酸っぱくて苦いだけで毒はない。天上人なら子供でも知っているが、地上人は大人でも知らない。

「僕は、天上界にゆかりがあるとでも思われているのか？」

ヤチカは酷く言いにくそうにした。

「ケル様は、その……。陛下のやられることが気に入らない重臣の方々の仕組んだ暗殺者じゃないかとか」

誰かということをヤチカは濁して説明してくれた。シスはすぐに頭を振って否定する。

「もしくは、陛下のお命を狙う悪魔じゃないかって」

悪魔は妖獣を操ることのできる特別な存在だ。他にも特殊な力があるとも言われている。悪魔はずっと昔に絶滅したと言われていて、千年以上その姿を見た者はいない。

「まさか。僕が悪魔なんて刺客《しかく》以上にあり得ない」

シスはその疑いを一蹴した。ヤチカがよかったと息を吐き出す。疑っていなくとも、不安だったのだろう。

「じゃあ、シス様は地上人なのにどうしてあの実ことを知っていたんですか？」

その質問にシスは答えられなかった。ヤチカの顔が見る間に陰っていく。

「失礼」

コンコンと居間と繋がる扉が外から叩かれた。ケルの声だ。

「あ、廊下の鍵！」

ヤチカが声を上げる。どうやら、慌てたせいで居間と廊下を繋ぐ扉の鍵をかけ忘れたようだ。

ケルが今度は正面からやってきたらしい。ヤチカは扉に向かい、少しだけ開く。シスはチェナを腕に抱いたままじっとする。

「ケル様。駄目だって言ったでしょう！」

「ヤチカ、鍵はきちんとかけろ」

「申し訳ありません。じゃなくってですね！」

「もう顔を合わせたんだ。一度も二度も変わらないだろう」

「変わります！」

「シス様。これが本当の用件です」

ケルはヤチカを無視してシスに声をかけてきた。

「オリエラという大臣はあなたが駄目ならもう一度生け贄を要求すると言いだしました。陛下が不在のため、止める者がおりません」

「そんな」

「陛下がすぐに戻ってこられれば間に合います。その場合、妖獣の討伐は延期になりますが」

「どうして、僕にその話を？」

「気になるでしょうから、お知らせしたまでです。陛下には大臣が勝手に何かしたら知らせろと言われていますので、伝令を飛ばします」

「でもそうしたら」

「陛下がこちらを取られたら、妖獣の退治が遅れる。被害が拡大するかもしれませんね」

ケルははっきりと告げた。

イシュカとの約束を守るのか、天上界の人々を守るのか。

いや、翼王としての役割を放り出すことはあり得ない。それでもトリティは約束を守れなかったことに傷付くだろう。もうひと欠片だって悲しませたくないのに。

「フェーン」

腕の中のチェナがどうしたのと小さく鳴いて首を伸ばしてくる。

選べないとシスは思った。地上界の仲間も、天上界の人々も、トリティも。

「待って下さい」

シスは出ていこうとするケルを呼び止めた。ケルが訝しげにシスを見てくる。シスはごくんと喉を鳴らした。

「オリエラ大臣には、僕が話をします」

伝えるには勇気が必要だった。イシュカのときの、息苦しい日々を思い出す。特に大臣達と一緒の席ではいつも侮蔑の視線に晒されて、弱みを見せてはならないと気を張り続けた。もう逃れたいと、何度こっそり泣いただろう。だが、それ以外の方法をシスは思い付けなかった。


謁見用に準備されたのは奥殿に一番近い部屋だった。

ケルに抱き上げられて飛び場から飛ぶ。翼のない地上人には王城内での僅かな距離の移動すら難しいとこのとき知った。

部屋に通じる二つの入り口のうちの一つから入ると、ケルの配慮か、部屋が布で仕切られていた。うっすらと向こう側の影が見える程度に透ける布だ。

「何と大仰なことだ」

向こうから声がした。オリエラの声だ。

「そもそも地上人が私を呼びつけるなど！」

怒っている。シスは萎縮した。オリエラの声にはいい思い出が一つもない。

ケルが仕切りのこちら側に用意された椅子に促してくる。おそるおそる座ると、ケルは傍らに立ってくれた。本気なのかと問うてくる視線に、軽く頷く。

イシュカの記憶とまるで同じ立ち位置だ。変な感じだと思い、ほんの少しだけ緊張が解れる。

「地上人、聞いているのか！」

怒鳴り声にシスは拳を握った。喉を鳴らし、ここまでに考えてきた言うべき言葉を思い浮かべる。

「オリエラ様」

声は震えずに済んだ。

「地上人へ生け贄を要求する準備をしていると聞きました」

「それがどうした。それともお前が進んで生け贄になるというのかッ？」

怒っているが、それ以上に焦っているようにも見受けられる。昔のオリエラは居丈高という言葉が似つかわしかったが、気のせいか身体が縮んだ気がする。それに何だか落ち着きがない。翼を少し開いたり閉じたりとせわしない。十八年といえば、天上人にとっては地上人の六年分。そこまで老いるほどではない。

「翼王様は僕と二度と生け贄を要求しないと約束して下さいました。いいえ、僕との約束だけではない。あなた方に対しても同じ命令を下したはず。あなたのされていることは陛下への謀反と見做されてもおかしくはない」

「なんだと！」

「近付くな！　翼王陛下の伴侶様であるぞ！」

ケルが一喝《いっかつ》する。オリエラはびくりとして歩みを止めた。代わりに灰黒の翼をいっぱいに広げて威嚇してくる。

「たかがかりそめの伴侶ではないか。それに男だと聞いているぞ。男なら子供もできぬ。伴侶として扱う必要があるのか？」

「男でも規則は規則です」

ケルは微動だにせず告げた。

「ぬうう！　其奴といい、あんな耳飾りといい！　陛下は一体、何を考えておるのだ！」

オリエラは忌々《いまいま》しげに吐き出した。耳飾りの主は、どうやらオリエラが反対するような相手らしい。だから王妃にできずにいるのか。シスの胸はちくんと痛んだが、今はそんな場合ではない。

「生け贄の要求は許されません」

シスは繰り返した。オリエラが怒りに身体を震わせた。気分が高揚してくる。前世でも同じような気分を味わったことがある。

「僕が地上人だとか、そんなことは関係ありません。生け贄の儀式を行わないことは翼王様の決定です。王の決定を無視して生け贄の儀式を行うと言うなら、あなたは未来の神に逆らうも同然。その覚悟はあるのですか？」

「ぐ、ぐぬぬぬ」

オリエラは低い唸り声を上げた。布越しでも顔が真っ赤になっているのがわかる。怒っているが、何も言えないようだ。

シスはほっとする。この分なら無理を通すことはないだろう。トリティが帰ってくるまで引き延ばせれば成功だ。退席しようと椅子から立ち上がった。

「っ」

緊張し過ぎたのか格好の付かないことに脚が縺れた。ケルがすかさず腕を掴んで支えてくれる。

「すまない」

懐かしい。何度こうして支えてもらっただろう。

「いえ」

ケルが鋭い目を眇め、シスをじっと見てくる。何かヘマをしてしまっただろうか。

「ええい！　この地上人めが！」

懐かしさに油断したのが悪かった。オリエラが八つ当たりに翼をはためかせ、部屋中に風を巻き起こした。仕切りの布が捲り上がり、シスの顔布も吹き飛んだ。腕をケルに掴まれたままだったので、顔布を押さえられなかった。シスの顔がケルと、オリエラにまで晒される。

「その顔……！」

オリエラの驚愕の声に、シスは慌てて両手で顔を覆った。ケルがシスを抱え上げ、部屋から足早に退出する。

「待て、その顔、お前は……！」

「ケル様、シス様？」

奥殿の飛び場ではヤチカが待ってくれていた。ケルはシスを抱えたまま素早く奥殿に入り、王の私室に入る。

居間の椅子の上にシスを下ろしたケルは、シスの前に座り、露わになったままの顔をじっと見詰めてきた。シスは顔を背けようとしたが、顎を掴まれて逸らすことを許されない。

「似過ぎだ」

「ケル様、どうしたんですか？」

走って追いかけてきたヤチカが部屋に入ってくる。

「扉を閉めろ！　誰も入ってこないように見張っておけ！」

激しい口調で言われてヤチカは飛び上がり、急いで扉の外に出ていった。

「シス様とおっしゃいましたね。陛下があなたを連れてきたのはあなたがあの方に似ているからだろうとは思っていました。髪の色や肌の色が同じだったし、声も似ているようだったから、顔も多少は似ているのだろうと」

あの方とは、イシュカのことだろう。

「だが、この顔は予想を超えている。私が知るよりは若いが、あなたは本人としか思えないいくらいに瓜二つだ。前翼王陛下、イシュカ様に」

　思った通りの名前をケルは吐き出した。

　晩年、イシュカが一番顔を合わせていたのはケルだ。いくら若返った分があるとはいえ、優秀な護衛官が仕えていた主人を見間違えるはずがない。

「これでは本当に悪魔の所業としか考えられない」

　ケルの鋭い瞳が敵を見据えるものになる。悪魔がイシュカの姿を映し、天上界に仇《あだ》なしに来たのだと、きっと逆の立場ならシスでもそう思う。

「悪魔の所業などではありません」

「ええ。先ほどの言動で陛下の敵ではないということはわかりました。では、あなたは一体何者なのですか？　オリエラ大臣を遣り込めた胆力も、立ち居振る舞いも、ただ者とは思えない。悪魔の所業ではないなら、まるで……」

「僕は……」

　ただの地上人だ。前世の記憶があるだけの。それをシスは呑み込んだ。

＊＊＊

　白い毛玉の塊が小さな肢を踏ん張って、二、三歩歩く。チリリンと時折首に下げた鈴が鳴る。

勝手にどこかに行ってしまわないようにとヤチカが用意してくれた鈴付きの首輪だ。

「チェナ。肢は痛くないか？」

呼びかけるとチェナはシスのもとにゆっくり寄ってきた。痛くはあるようだが、じっとしてもいられないらしい。しゃがんでいたシスにふわふわの頭を寄せてきたので、シスは首から背中を撫でてやったが、不満そうにぐいぐいと頭が腕の間に押し込まれるので、ああそういうことかと小さな身体を抱き上げた。

「やっぱりまだ痛いんだな。無理しなくていい。ゆっくり治そうな」

シスの言葉にチェナは嬉しそうに目を細めて「フェーン」と鳴いて答える。甘えているみたいな表情がたまらなく可愛くて、シスはふわふわの頭に頬ずりしてやった。

「シス！」

バンっと大きな音が響き、トリティが翼を広げたまま居間に飛び込んできた。文字通りに。足がほとんど床に着いていないし、息も弾んでいる。いつもは綺麗に撫で付けているはずの黒髪も乱れていて、額に汗を滲ませているようだ。

「フェーン」

驚いたチェナがシスの腕の中でか細い声で鳴く。大丈夫だよと宥めながらシスは挨拶をする。

「翼王様。お帰りなさいませ。ご無事で何よりです」

トリティはのどかともいえる光景をまじまじと見て、大きく溜め息を吐き出した。

「……無事なんだな？」

「何がですか？」

「伯父上とのことだ」

「あ……」

もう三日も前のことだ。忘れたわけではないが、トリティの勢いにすっかり頭から飛んでしまっていた。申し訳ありませんと謝ろうとすると、チェナごと逞しい身体に抱き締められた。

「帰り道に聞いて、心臓が止まるかと思った」

トリティは少し震えているようだった。

オリエラは生け贄を諦めたようだと、ケルはトリティへの連絡を取りやめてくれた。トリティの妖獣退治が無事に終わったことは伝令から伝え聞いている。

「申し訳ありません、勝手をして。それに顔を見られてしまって……」

ケルは無言を貫くシスに追及を諦めてくれた。オリエラは何も言ってこないが、ケルが探ってきてくれたところによると、何か急用ができたらしく、慌てた様子でどこかへ出かけたらしい。生まれ変わりに気付きはしないだろうが、イシュカと瓜二つのシスに思うところはあるだろう。戻ってきたときを考えると気鬱《きうつ》になる。

「顔を見られたことはもういい。過ぎたことだ。だが、頼むから無茶をしないでくれ。地上人はか弱い。お前まで失ったら私は……」

イシュカとの別れはトリティの心の傷になっている。そして今のトリティはシスにも心を寄せかけている。

駄目だと思った。シスはトリティに腕を外すように促し、抱いていたチェナを足下の籠に戻す。チェナは不満そうだったが、大人しく籠の中で座ってくれた。

「翼王様」

シスはトリティを見上げた。どうしたのだと、慈しむような眼差しを向けてくる。

「僕を地上に返して下さい」

今が潮時だ。

途端にトリティの形相が恐ろしいものになった。

「何を言う。そんなことをしたらお前は……！」

「皇帝陛下の側妃にしていただいて、何不自由ない生活を送ります」

「それは嫌だったんだろう？」

「男に抱かれることに、慣れさせてもらったので、もう平気です」

口からぽんぽんと嘘が出てくる。

「っ、それなら、ここにいればいい。私だってお前の欲しいものくらい何でも与えてやれる。だから、私のもとからいなくなることは許さない」

「でも僕は地上人です。天上人の何倍も早く死にます」

それにトリティには耳飾りの主がいるではないか。

「そんなことは許さない」

トリティは絞り出すように零した。

許さなくても、シスはトリティを置いていく。縋るように伸ばされた手を、シスは取らなかった。

「お前が死んだら、追いかける」

何を言いだすのか。

「お前とともに眠って、お前とともに生まれ変わる」

「あなたは亡くなれば神になる方ではありませんか。普通の人間は死んだらそこまでです。まったく新しい命を授かって新しい人生を歩む」

「だがお前は前世のことを覚えている」

シスは目を見開いた。トリティが唇を歪めて、図星だったなと笑う。

「そうでないと説明が付かないことだらけだ。例えば、打ち湯。浴室にあんなものがあるとは私も知らなかった」

「あれは、たまたま見付けて……」

「飛べもしないのにあんな高い場所の湯口を？　それに翼棋だ。あれは初心者の打ち方ではない」

「地上界にも似た遊びがあって……」

「教えたはずのヤチカがもう勝てないのに？　私すらたまに負けそうなときがある」

「それは……」

「オリエラ大臣には啖呵《たんか》を切ったそうだな。仮にも天上人の重臣だ。非力な地上人にできることではない。神に逆らう気かなどとはよく言ったものだ」

詳細も伝わってしまっているようだ。

「僕は、地上界の仲間達のことを守らないといけないと、必死だっただけで……」

言い訳はどんどん頼りないものになっていく。

「では私を呼び戻せばよかった。天上人の被害など気にせずに。でもお前はどちらも取られなかった。お前が天上人にも親近感を持っているせいではないのか？」

「だって、お、同じ人間ですから……」

「私をリティと呼んだ」

「っ」

抱かれているときのことだ。確かに、呼んだ記憶がある。誤魔化せたと思っていたのに。

「聞き間違いです。あなただって納得していたじゃないですか」

「覚えがないのか？　一度や二度ではないぞ？」

「え……？」

まったく記憶にない。にやりとトリティが笑う。

「リティというのは、両親以外にはイシュカ様にしか呼ばせなかった愛称だ。よく知っていたな」

「僕は……」

「何よりの決め手は、私を送り出したときの表情だ」

「表情？」

「辛いのを我慢して笑う。他人に心配をかけないために」

「っ」

「イシュカ様」

トリティは確信を持って名前を呼んできた。見据えてくる黒い瞳が誤魔化すなと命じている。

シスはとうとう観念した。

「……そうです。僕はイシュカの記憶を持っています。多分、イシュカの生まれ変わりなのだと思います」

「やはり」

塊のような息を吐き出したトリティのいらえは、激情をこらえているように見えた。

「でも、自分ではそう思っているけれど、本当かどうかはわからない」

「いいや、お前は……あなたはイシュカ様だ。私が間違えるはずがない。ふとした仕草も、顔に似合わず突飛な行動に出るのも。あなたは、翼王となられる前は、中身は普通の子供だった。私の恋していたあなたそのものだ」

　トリティはゆっくりと目を閉じる。

「イシュカ様は亡くなったのか」

その言葉を口にするのはトリティにとってどれだけ苦しいことだっただろう。

シスはおもむろに頷いた。トリティが歯を食い縛る。

「妖獣に襲われたんだな？」

「はい」

「イシュカ様の最期を教えてくれ」

シスは瞼を閉じ、間違いのないように思い出しながら答える。

「突然、背後から襲われたんです。一瞬で片翼をもぎ取られた」

気を失いそうになるくらいの激痛が蘇った気がして、肩から背中に手を回す。当然、そこには何もない。平らな背中があるだけだ。

「残った翼で逃げようとしたところを再び背中から襲われました。イシュカの記憶はそこで途切れています。そのまま雲海に落ちたのだと思います」

「どんな妖獣だったかわかるか？」

　トリティは額を手で押さえ、確認してくる。シスがイシュカの生まれ変わりであることを呑み込もうとしているのだろうか。

「見えませんでした。ただ、細長い……黒い蛇のような影が過った気がする」

「蛇……。やはり妖獣か。不意打ちとはいえ、翼王を出し抜けるような知恵を持つ妖獣ということか？」

「そうとしか思えません。あの。イシュカを襲った妖獣は退治されたのでは？」

トリティは頭を振った。シスにはトリティが何故襲撃者の特徴を聞いてくるのかがわからなかった。

「イシュカ様が消えた後、島中を捜索した。人間らしきものが暮らしていた痕跡はあったが、妖獣は影も形もなかった」

「それはおかしい」

シスは目を瞬いた。

「あれは人間なんかじゃなかった。有翼人の羽音も聞いていない。そして妖獣は翼を持たない。自力では島の外に移動できないはずだ」

「その通りだ。でも事実、いなかった。だからイシュカ様が死んだという確信を余計に持てなかった」

トリティが苦く笑う。

「手がかりをずっと探していたんだ。イシュカ様はきっと生きていると信じて。しばらくは毎日のようにあの島を訪れた。雲海に潜ろうともした」

「そんな危ないこと！」

「それはさすがにケルに止められた」

シスはケルに心の底から感謝した。

でもそこまでしようとしてくれたのか。僅かな可能性に縋り、十八年間も。その気持ちを思うだけでシスの胸は苦しくなり、泣きそうになってきた。その間、自分は地上界でのうのうと暮らしていた。トリティがずっと探してくれているなんて考えもしなかった。

「妖獣は、私を追って雲海に落ちたとか？」

「その可能性も否めないが、翼王を騙し討ちできるような襲撃者がそんなヘマをするとは思えない」

シスは考え込んだ。妖獣だったとして、既に退治されているのだろうと思った。まさか正体すら不明とは。

「それより」

顔を上げると、トリティの手が頬を覆った。

「断片的な記憶なのだろうと思っていたが、ずいぶんはっきり覚えているようだな。私のことはどれだけ覚えている？」

「っ、それは……」

全部だと答えそうになって、慌ててやめた。全部ということは、死の直前の告白も覚えているということだ。

「私の告白は？」

シスは頭を振って否定した。だが、トリティは見破った。

「覚えているんだな」

「い、いいえ！」

「何故嘘をつく？」

「だって」

トリティの茶色い羽根の耳飾りが視界に入る。

「あなたにとってはもう過去のことでしょう？」

「過去？　どういうことだ？」

「だってその耳飾り。あなたには茶色い羽根のいい方が……」

トリティが耳飾りに触れ、黒い目を数度瞬く。

「少し待て」

告げると、寝室に連れていかれ、棚から小箱を取り出してきた。シスの記憶にない数少ないものの一つだ。

小箱には鍵がかけられている。トリティは鍵を開け、蓋《ふた》を開いた。

箱の中には羽毛が十数枚ほど詰められていた。どれも真っ白だ。天上人の中で、純白の翼なのは死んだイシュカだけ。

「この耳飾りはあなたの羽根だ」

「で、でも色が……」

「加工用の樹脂に色が付いているんだ。こんなに白い羽根を持つ者がいないから、どうしても色味が変わってしまう。職人はもう一度挑戦したいと言ってきたが、一枚でも無駄にしたくなかったし、この色は私だけのものでいいと思ってこのままにしている」

「じゃあ、本当の伴侶様は……」

「私はイシュカ様が消えたとき、この心をイシュカ様に捧げると決めた。この耳飾りも願掛けのようなものだ。こうして、イシュカ様の存在をこの世に繋ぎ止めていたかったんだ」

トリティの狂おしいほどの気持ちがシスにも伝わってくる。

「ヤチカが、あなたの伴侶様は、ここにはいないと……」

「奥殿で働く者には、誰かに聞かれたらそう答えるように命じている。さすがに公にはできないからな」

ぼろりと涙が溢れた。

「どうした？」

「もう、イシュカのことは、好きではなくなったのだと、思って」

「あり得ない」

トリティは即答してくれた。

「……やはり私の告白も覚えているのだな？」

「っ」

否定しなければと思うのに、あとからあとから溢れてくる涙と嗚咽のせいで言葉が喋られない。

「誤魔化すな。前世のことをどれだけ覚えている？」

「っ、全部」

しゃくり上げながら答えると、トリティが目を瞠った。

「全部？」

「全部、生まれてから死ぬまで、全部覚えている」

「馬鹿な。それでは、お前の中身は、ほとんど……、いや、イシュカ様そのものではないか」

「でもっ、本当に、全部覚えている。リティに初めて会ったときのことも、母が亡くなった日も、父が亡くなった日も、リティの告白も、全部……」

トリティは愕然としていた。

「それはもう、肉体が地上人というだけで、イシュカ様ではないのか」

「え……？」

考えもしなかった。そうなるのかとシスは驚いた。トリティは顔を大きな手で覆い、予想を超えた真実を噛み砕こうとしている。

「お前はイシュカ様ではないと思うのに、惹かれていくのを止められなかった。たとえ生まれ変わりだとしても、私の愛しているのはイシュカ様で、地上人のシスではないのに」

「リティ」

思わず呼ぶと、トリティが手を取ってきた。思いの丈が込められたかのように握られる。温かくて、大きくて、力強い手だ。

「それにいつかは地上界に返さねばと思っていた。地上人のお前に、望むような平和は、この天上界では与えられないから。私の我欲で天上界にとどまらせ、辛い思いをさせるわけにはいかない。それなのに、生まれ変わりではないかと思い始めて、私は自分を止められなくなった。その末に、あんなことをしてしまった」

あんなことというのが何か思い当たり、シスの涙が止まった。毎夜繰り返される秘めごとだ。

「人肌とは温かいのだと知った。イシュカ様が消えてぽっかり空いた穴が、お前に触れる度に少しずつ埋まっていくような気がした。お前が愛しくてたまらなくなって……」

シスの胸が熱いもので満たされる。

「お前も私を憎からず思ってくれているのだと感じた。イシュカ様には受け入れてもらえなかったが、お前は拒まない。むしろ私に触れられるのを心待ちにしている気さえした」

シスの鼓動が跳ねた。その通りだったからだ。いけないと思うのに、やっぱり触れてもらえると嬉しくて幸せで。

「でも記憶があるのに黙っていたということは、私はあなたに信用されていなかったのですね。私に触れられるのが本当は嫌だったのですか？」

「ち、違う！　リティには、他にもう伴侶がいると思って。それにイシュカが戻ってきたら王位を返すなんて言うし！」

シスは声を荒げて反駁《はんばく》した。トリティが驚いた顔になる。

「自分こそ、最後までしなかったではないか」

「それは、いくら地上人でも、二十年も生きてない子供に最後までするのには、抵抗があって」

「え……？」

シスは濡れた睫毛を瞬く。

「それに、イシュカ様とは別人だと思っていたから、惹かれていく自分が許せなかった……」

「リティ……」

トリティの両手がシスの頬を包み込む。目線がまっすぐに合わせられた。黒い瞳がシスを覗き込んでくる。

「私のことよりも、あなたは私にされて、嫌ではなかったのですか？」

トリティの口調はイシュカに対するものだ。

「い、嫌では、なかった」

シスもイシュカになった気分になってくる。

「あなたは私に王妃を迎えろと仰った。私は、あなたに、男としては見てもらえなかったと思っていた」

「ん……」

トリティの右手が頬から下りて顎を辿り、首筋から肩を優しく撫でられる。温かい体温が心地いい。触られてこんな風に思えるのはトリティだけだ。

「前世の記憶が全てあるなら、あなたは天上人として精神的に大人ということだ」

指先に唇をなぞられ、囁かれる。黒い瞳は情欲に濡れていた。

「最後までしたい。あなたを抱きたい。あなたに男として見てもらいたい」

「っ」

懇願されて、体温が一瞬で上がった。滴るような大人の雄の魅力を振りまきながら、年下のように願う声音の不均衡さがシスの胸を震わせる。

「ずるい」

シスはいいとも嫌だとも答えられず、そんな台詞を口にしていた。

耳介をくすぐられ、耳朶を摘まれる。ちょうど、トリティの耳飾りの針が穿たれている部分だ。

「あなたに私を刻みたい」

「あっ……」

摘まれた部分を、今度はかぷりと噛まれる。甘い痺れがそこから全身に波及した。

返事を待たれている。でも、意地悪な手付きが身体をまさぐってくる。腰に回された右手が背中をゆっくり上がってきた。薄い衣服ごしに感じる掌の熱が心地いい。

「ん、そこはっ」

翼を通すための翼口から入ってきた指が、肩甲骨をくすぐる。

「あ、駄目だ。リティ、そこはやめてくれ……」

「翼があるはずの場所、感じるのですね。どんどん敏感になっている気がする。前世の記憶がそうさせるのかな」

トリティの言う通り、そこはトリティの愛撫を受け始めてから酷く感じるようになってきた。最近では、触れてもいないのに疼《うず》くような感じさえすることもある。

「私にここに触れられるのは嫌ではないですか？」

天上人にとってそこは大切な場所だ。大人になってそこを許すのは恋人や伴侶くらいのものだ。

「ここに触れる意味を、イシュカのあなたは知っているんですよね？」

知っている。

「私が、そこを許したのは……、許すのは、リティだけだ」

絞り出した声は震えていた。トリティの動きが止まる。背中の漆黒の翼がぶわりと膨らんだ。次の瞬間には抱きかかえられ、寝台に押し倒されていた。

「イシュカ様」

噛み付かれるような口付けを受けた。後頭部が枕に深く沈み込むくらい、唇を押し付けられ、貪《むさぼ》られる。

「ん、リ、ティ……」

シスは一瞬だけ拒むようにトリティの肩を押し、でも次の瞬間には縋り付いていた。口付けは今まで以上に激しかった。唇を食まれ、噛まれ、漏れた息も惜しいとばかりにぴったりと口を合わせられた。声も出せずに喘いで動いた舌を舌で搦《から》め捕《と》られ、口の中をくまなく味わわれた。息が苦しくなって涙が溢れてきたけれど、止めてと訴える気にもなれない。

「んっ……。ふっ……」

だが、涙に気付いたらしいトリティが一度唇を解く。銀色の糸が二人の唇を繋いでいた。トリティが舌舐めずりをして、その糸はぷつりと切れる。獰猛《どうもう》なのは仕草だけではない。黒い瞳はギラギラとした欲望を湛《たた》えてシスを見下ろしている。

「怖いですか？」

「ちっとも」

それどころか、全身が、心が、歓喜している。トリティは自分だけを想ってくれていた。肩を掴んでいた手を頬に移動させると、揺れる耳飾りに指先が触れた。よく見ると樹脂で固めた表面に細かい傷がある。十八年間も肌身離さず身に着けてくれていたのだ。

「すまない」

「何がですか？」

「リティは私を探し続けてくれていたのに、私は地上人としての人生を全うしようとしていた。会える方法はないからと最初から諦めていた」

「イシュカ様。私を忘れたことは？」

トリティは優しい口調で聞いてきた。

「忘れようとしても忘れられなかった」

シスは唇を噛み締め、答えた。

「毎日、祭壇に上って」

「上って？」

トリティがあやすように前髪を梳《す》いてくれる。

「空を見上げては、リティのことを考えていた。元気だろうか、立派にやっているだろうか、私のことを恨んでいるだろうか」

「どうして私があなたを恨むんです？」

「だって、約束を守れなかった。楽園で、君を待っていると約束したのに」

「泣かないで下さい」

指の腹で涙を拭われる。《イシュカ》なら年下に慰められるなんてと恥ずかしがっただろうが、《シス》はトリティよりも年下だ。甘えたって構うものか。手に手を重ねる。温かい。

「私のもとに戻ってきてくれた。本当にあるかもわからない楽園で待ってもらうより、ずっと喜ばしい」

「リティ」

「あなたを失った日々は辛かったけれど、今こうしてあなたが目の前にいる。だから、もういいんです」

トリティは優しい。昔から。年下なのに、イシュカよりよほど大人だった。年上となった今はその大きな優しさに全身が包み込まれているような気さえする。

「ごめん」

「今度は何です?」

「リティが辛い間、私は夢を見ていた。何度も、何度も」

「夢?」

「リティに、こうして抱かれる夢だ」

「何て、ことを……」

トリティの目が見開かれる。

「すまない。勝手に、そんなこと」

「違います。責めてるんじゃありません、感動しているんです」

「感動？」

シスは目を瞬いてトリティを見上げた。

「前世であなたは色恋には疎いようだったけれど、ちゃんと、性欲があったんですね。しかも、私と……」

「怒っていないのか？」

「むしろ喜んでいます。それに、私の方が重罪です」

「重罪？」

「この部屋のこの寝台。あなたが眠っていた場所で、頭の中で何度もあなたを犯しました」

「っ」

「ね？　重罪でしょう。許せませんか？」

シスは小さく頭を振った。嬉しいと思ってしまった。

額をこつんと合わせられて唇が一瞬だけ触れて離れていく。それだけで、じんとした熱がさざなみのように身体の中を広がっていった。

「リティ。おいで」

シスは両腕を広げ、トリティを呼んだ。トリティが息を吞む。

「私の理性を失わせたいのですか」

「今さら理性なんて必要ないだろう?」

「あなたは……っ」

トリティが押し殺した声を上げ、再び口付けてきた。

「あなたの感じるところ、全部知っています」

顔中に口付けの雨を降らせ、服を脱がせながら、首筋や肩、二の腕にも唇が触れてきた。自分が抱こうとしている相手の全てを確認しているように思える。毎晩の愛撫で敏感になった胸の粒は、触れられる前からつんと尖っていた。ぱくりと咥《くわ》えられ、口の中で味わわれる。

「あっ、それ……」

「ここと、背中と、どちらが感じます?」

丁寧な口調で問われて、羞恥に悶《もだ》える。喋られると、敏感な先端を舌先にくすぐられてしまう。

「そんなの、わからないっ」

「じゃあ、教えて下さい。あなたの胸は少し強めの刺激の方がお好きのようだ。噛んであげると、身体が跳ねる」

「あっ、あ、ああっ」

その通りにされて身体がびくびく跳ねた。

「背中は、優しく触れられる方が好きなようだ。こうしてくすぐってあげると、全身がふるふる震える」

背中に回ってきた手が肩甲骨をくすぐると、本当に身体が震えた。

「どちらも同時にしてあげると」

「あっ、あ、それ、ああっ」

背中と胸の刺激が直結して、全身を雷で打たれたかのような快感が突き抜けた。

「どちらがお好きですか？」

背中をくすぐる手は止まらない。胸も舌先で転がされる。

「……も。……どっちも、気持ちいいっ」

シスは涙声で答えた。だって気持ちいいのだ。

「リティが、毎日するからっ」

こんなに感じるようになってしまった。咎《とが》めると、トリティの動きがぴたりと止まった。

「すみません、本格的に我慢がききません」

「え？」

トリティは上半身を起こし、自分の上着を引き剥ぐようにして脱いだ。滲む視界でぼんやりそれを見ていたら、トリティの姿が消えた。

「え？　あ、あっ、そこ……」

消えた先は、シスの脚の付け根だった。

すっかり勃起している雄の裏側に口付けられ、そのまま唇は滑り下りていく。柔らかな小球をやんわり食まれたかと思ったら、そのさらに下にある秘所にぬるりとしたものが触れる。男同士で交わる場所だ。

「あ、そんなの……、汚いから」

両脚を折り曲げられて開かれ、その間にトリティの頭が入り込んでいる。格好だけでも恥ずかしいのに逃げようとしてもトリティは足首を掴んで許してくれない。

「聞けません。私の理性を失わせたのはあなたですよ」

「でも、それは……、あ、ああっ」

閉じた秘所を温かい舌でぞろりと舐められて肌が粟立った。尖らせた舌が中にぐっと潜り込もうとしてきた。シスは反射的にそこを固く閉ざさして侵入を拒む。

「緩めて下さい。慣らさないとあなたが痛いだけですよ」

「痛くていい、それは嫌だ」

シスは半泣きで拒否するが、トリティは駄目ですと何度か試みてくる。だが、結局同じ結果しか得られなかったトリティが焦れたように背中に触れてきた。

「ああ……っ！」

肩甲骨を引っ掻かれてシスは身を捩った。

「んっ」

その隙を突かれた。トリティの舌が中に侵入を果たした。身体の中に温かく濡れたものが入っている。ぞわぞわした感覚が身の内から這い上がってくる。

「リティ、駄目、駄目……」

ぐちゅぐちゅと水音が響く。力を入れて舌を押し出そうとしたけれど、中と、それから、背中に間断なく刺激が与えられて集中できない。

「んんんっ」

しばらく勝負にもならない攻防を続けていると、舌の愛撫で緩み始めた場所に、細くて硬いものが入ってきた。トリティの指だ。

「あ、あっ、中が……」

トリティは指を付け根まで差し入れると、ぐぷぐぷ指を抜き差ししながら中を探りだした。内壁を擦られると奇妙な感覚が背中を這い上がってくる。

「ひっ」

一点を擦られたとき、シスは背中を大きく反らした。

「ああ、ここですね」

舌を離したトリティが嬉しそうに囁いて、同じ場所を指先でつつき、指の腹で擦ってくる。

「あ、あ、あっ、それ……」

「男はここでも感じられるらしいですよ。私のを中に埋めて、ここを擦ってもいいですか？」

具体的な願望を言われて、シスはわけがわからないままガクガクと頷いた。トリティが笑った気配がして、指がもう一本増やされた。

「あ……っ」

中を広げるように解される。指がいいところを絶妙に刺激する。

「んっ、ん……」

「痛くはないですか？」

ゆっくり三本目が入ってくる。

「痛く、ない、から」

「から？」

「もう入れて」

初めてなのに感じ過ぎて恥ずかしいし、それ以上に早く繋がりたかった。夢ではなく現実で。

痛みがあってもいい。

「だから、どうしてあなたは」

トリティは怒ったような声を上げた。

「もう知りませんからね」

理性を失ったと言いながらまだ残っていた理性をかなぐり捨てる決意をしたらしい。

「あっ」

股間から離れていったトリティは自分の下衣を脱いだ。ぶるんと凶悪なものがまろび出る。

上半身は見たことあったが、下半身……性器をちゃんと見るのは初めてだ。

シスは唾を飲み込んだ。

大きい。それに逞しい。頭は大きく張り出し、幹には幾筋もの血管が浮かび上がっている。

自分のものとは全然違う。

「これをあなたに入れます」

トリティは自分のものに手を添え、告げてきた。

「そんなの、本当に、入るのか」

改めて、恐怖にも近い疑問が湧いてきた。できるとは聞いたけれど、こんなに大きなものは無理ではないのか。

「もう遅いです」

ぐいと両脚の間に逞しい腰が割って入ってきた。

「あっ」

「大丈夫。充分解したし、絶対に怪我はさせませんから」

「ん、あっ」

指と舌で嬲られていた場所に、太く丸い切っ先が押し当てられる。シスの濡らされたそこは、トリティの形に合わせるようにぐちゅりと形を変えた。熱が伝わってくる。

「入れますよ」

宣言の直後、押し開かれた。

「あっ、ああっ」

圧倒的な大きさだ。後ろ手に敷布を掴んで衝撃に耐えていると、片腕ずつ逞しい肩に縋るように誘導された。両肩を掴んだ瞬間、トリティは最奥まで一気に入り込んできた。

「あああっ……！」

声にならない悲鳴が喉から迸《ほとばし》った。苦しくて、でも熱い。お腹がいっぱいで、でも足りない。もっともっとトリティが欲しい。満たされているのに、餓《かつ》えている。

視線を上げると、トリティが額に落ちた黒髪をかき上げているところだった。耳元で羽根が揺れている。長く吐き出された吐息が色めいている。ぎゅんっと腹の中が締まって、その刺激にトリティが小さく呻いた。

「大丈夫、ですか？」

シスは一も二もなく頷いた。

「うん。リティが、中まで、いっぱい」

繋がっている事実に、つい微笑みが零れた。

トリティが、まったくあなたはと、眉間に皺を寄せて呟いた。

「動きますよ。ゆっくり、から」

トリティがおもむろに腰を使い始める。最初は腰と尻たぶを密着させたまま前後にゆすってきた。ゆさゆさと奥を突かれると、甘い痺れがゆっくり広がってくる。痛そうにないのを確認したように、次は中をそっと前後に行き来し始める。

「あっ、あっ」

ずるりと抜かれてまた押し込まれて。ただそれだけなのにシスの唇からはその度に甘い声が漏れる。

「イシュカ様……」

律動は次第に激しくなった。大きさも、速さも。

「あ、あっ、あっ、いい、きもちい、あっ、あっ、ああっ」

シスの白い喉は壊れてしまったかのようにひっきりなしに嬌声を上げている。感じる場所を張った部分で擦られるのもいいけれど、ずんずんと遠慮なく突かれて、それが一番気持ちいい。トリティが自分の身体に夢中になっているのがたまらなく嬉しかった。

「リティ、あっ、あっ、どうしよう、いきそう」

律動に合わせて健気に揺れる性器には一つも触れられていない。それなのにシスは絶頂直前まで駆け上がっていた。先端からはひっきりなしに蜜が溢れている。

「リティ、リティ」

呼びかけるけれど、トリティは聞いてくれない。それどころかシスの両方の太腿を抱え上げ、もっと深い場所まで味わおうとしてくる。ぱんぱんと肌が打ち合う音が響く。

「あ、あっ……」

シスは必死に肩を掴んでいる手を、もっと背中側に移動させた。黒い翼の付け根を指先で探す。もう少しゆっくりと訴える代わりにそこをぎゅっと握った。

その瞬間、ばちゅんとトリティの雄がシスの一番深くの、奥まった場所を突き上げた。

「あ、ああっ！」

シスは背中を反らして極めていた。同時にトリティが呻いて、シスの中に迸りを放つのがわかった。ぎゅっと骨が軋むくらいに強く抱き竦《すく》められた。トリティのものは中でどくどくと精を放ち続けている。

「リティ……。私の中で、いったのか？」

「あなたが、翼を触るから」

トリティは少しだけ不貞腐れている。可愛いなと思った。奥に染み込んでいくものも愛おしくてたまらない。自分はこの男にこんなにも愛されている。

「リティ。君が愛しい。愛してる」

「っ、私もです」

トリティは、泣きそうな、でもうっとりとした笑みと深い愛情の籠もった口付けで応えてくれた。

身体のあちこちに甘い疼きがある。

「水を飲めますか?」

身体を洗われたあと、俯せの姿勢で、シスはしっとり湿った髪を撫でられ頷いた。両腕を突っ張って起き上がろうとしたら、腰に力が入らず寝台に沈み込んだ。

「無理はしないで下さい」

トリティが手伝ってくれて、積み上げてくれた枕で背中を支えるように上半身を起こしてくれた。

「どうぞ」

枕元に常備してある水差しからコップに移し替えた水を渡される。最初はちびちびと、最後は一気に飲み干すと、人心地ついた。

「これ、私が描いた絵だ」

コップには渦巻き模様や花の柄が描かれている。幼い頃に、母と一緒に描いた絵を付けたカップを父が職人に命じて作らせたものだ。明らかに子供向けの作りだが、愛着があって大人になってからも使っていた。

「そうだと思いました」

トリティが空になったコップを受け取り、枕元の蓋付きの箱に大事そうに収める。最初の頃に部屋のものに触るなと言われたのであまり触っていない。そのコップがそこに入っていると は知らなかった。

「この部屋、私が使っていたときのままだ。いや、この部屋だけではなくて、奥殿全体が」

トリティが横にやってきて、シスの肩に凭《もた》れてくる。肌に触れる黒髪は柔らかくて気持ちい い。ふわふわした翼も背中に触れている。黒い翼に抱かれているようだ。

「ええ。あなたの痕跡を少しでも多く残しておきたくて、極力変えないようにしています」

何気ないような答えに、シスの胸はいっぱいになる。忙しいからそのままになっていたので はなく、自分を想ってこのままにしてくれていたのか。

「居間の絨毯。交換した方がいいんじゃないのか」

侍女が交換していたがっているとヤチカが言っていたのを思い出し、泣きそうになるのを我 慢しながら口にしてみる。

「あなたの好きな色を選んで下さい」

「私の？」

「ええ。ここはあなたの部屋ですから。あなたの好きにして下さい」

「リティ、私は翼王ではない」

この部屋は翼王のものだ。

「わかっています。でも私にはもうあなたを手放すことなんてできない。私と一生、ここで暮らして下さい」

「それは……」

「どうか私の正式な伴侶に、イシュカ様。そして私に永遠にあなたとともにある栄誉を」

トリティはシスを王妃に迎え、一緒に王墓に入ろうと言っているのだ。

「でも、次の翼王は」

「ああ」

トリティは笑った。

「私はあなたに心を捧げてしまったので」

トリティの耳でイシュカの羽根が存在感を放っている。

「その時点で、他の王族で資格のある者を探したところ、次の翼王候補になりそうな庶子を見付けました。まだ子供ですが、将来有望ですよ。問題ありません」

「リティ……」

「それより、勝手にあなたの羽根を使ってしまってすみません」

「本当だ。死人の羽根を耳飾りにするなんて縁起が悪い」

シスはそう口にしながら、また泣きそうになっていた。

「駄目でしたか？」

「それは、イシュカの羽根だ。私には、翼はない。今の私はただの地上人だ。地上人を王墓に入れることは、父にもできなかった」

「私なら必ず遣り遂げます。もし駄目でも、あなたの父上と同じように、私があなたの隣で眠る」

「っ、何故、それを」

イシュカが一生抱えていくはずだった秘密だ。

「あなたの手がかりを探してあの島は隅々まで調べました。あなたの母君の墓標のすぐ傍で掘り返した跡を見付けました。小瓶が埋められていて、中には骨のようなものが入っていた。あれは、あなたの父上のものですね？」

何も言えないシスに、トリティが安心させるように微笑む。

「心配しないで下さい。元通りに埋め、誰にも言っていません」

トリティが抱き寄せてくれる。先ほど溶け合ったかのように感じていた鼓動が身体に沁みてきて、心が少しずつ落ち着いてくる。

「またあなたが生まれ変わっても、きっと見付けてみせる」

強い決意を秘めた声音だった。シスの胸はいっぱいになる。

「もう記憶は引き継がないかもしれない」

「それでも。シスのあなたにも惹かれたように、私にはあなたがわかるはずです」

トリティは絶対にと続けて、笑みを浮かべた。

「王妃の件は返事を待ちますが、でもこれだけは約束して下さい」

真剣な声で言われて、シスも神妙に頷く。

「今世では許される限り一緒にいて下さい」

許される限りという言葉が、少し震えていたような気がする。天上人と地上人の寿命の差をわかったうえで言ってくれたのだ。

「約束する」

シスはすぐに答えた。自分も離れたくないと思ったから。

＊＊＊

部屋は急に明るくなった。ヤチカを通じて色褪せていた絨毯や、窓に掛けていた薄布を交換すると侍女達に言ってもらうと、すぐに柄も素材も様々な見本がやってきた。きっとずっと準備をしていたのだろう。

トリティには全部好きにやって欲しいと言われて、ヤチカと相談しながら、一つ一つ決めていった。結果、優しい雰囲気は残しつつも、とても明るく仕上がった。トリティはこれが今のイシュカ様のお好みなのですねと喜んでいた。居間と居間に面した庭の一角はチェナに合わせて模様替えもした。チェナは居間に面した中庭の散歩がお気に入りだ。肢もずいぶんよくなって、まだ少し引き摺ってはいるが、痛みはないようだ。ファフのいる島にはアルパカの天敵になるような獣はいないから、もう群れに戻してやってもいいかもしれない。

「そろそろお別れかな。私は飛べないから会いに行けないし」

「イシュカ様が正式に王妃になって下さったら、いつでも連れていきますよ」

朝食後にチェナを撫でていると、トリティがそんなことを言ってくる。

王妃となることについて、シスはまだ承諾も拒否もできていない。トリティはいつまでも待つと言ってくれている。

「リティ。私の名前なのだが」

シスは話題を変えた。

シスの口調はすっかりイシュカの頃のものになってしまっている。トリティに指摘されて気付いた。幼い頃、孤児院で浮いてしまうからと、一人称や言葉遣いを周囲に合わせて意識的に変えたのだが、正体を知られた途端、自分でも意識しないうちに戻ってしまった。

「名前がどうかしましたか？」

「私は、イシュカじゃない。その呼び方を続けたら、周囲を混乱させてしまう」

シスがイシュカの生まれ変わりであると知っているのは、他にはまだヤチカとケルだけだ。

ヤチカの前でトリティがシスではなくイシュカと呼びかけたとき、ヤチカは酷く混乱していた。生まれ変わりなのだと説明すると、最初は信じてくれなくて、でも信じ始めると今度は緊張し始めた。尊敬する前翼王陛下に何て態度を、ということだったらしい。大丈夫だからと何度も説得して、やっと最近元に戻ってくれたところだ。

今は翼王の部屋の外には出ていないが、奥殿内くらいには行動範囲は広がるだろう。そのとき、イシュカの顔を知っている他の侍従や侍女達はヤチカ以上に混乱させてしまうに違いない。

「勝手に混乱させておけばいいのです。私にとってはあなたはイシュカ様だ。でも、あなたがシスの名前を気に入っているのなら呼び方は変えても構いません」

あなたの好きなようにとトリティが笑う。トリティは何ごともシスの望み通りにしたいらしい。その気持ちが嬉しくてこそばゆい。

「翼王陛下、お話が」

甘い雰囲気を破ったのは護衛官の低い声だった。ケルにはシス同席のうえでトリティが事実を告げた。しばらく驚いていたが、もともと感情の起伏を面に出さない優秀な警護官は、そうだったのですねと一つ頷いて納得してくれた。「よかった」と微かな声で漏らしたのが聞こえてしまって、シスは少し泣いてしまった。その後、トリティと二人で何か話し合いをしていたようだが、その内容はシスには知らされていない。

「……ケル。勝手に入ってくるな」

「緊急事態です」

ケルは無視を決め込んだ。何だか似たようなやりとりを見たことがあるなとシスは苦笑した。

しかし、次の報告に、笑みは凍り付いた。

「翼を持つ妖獣の目撃情報が上がってまいりました」

「何だと？」

妖獣は翼を持たない。持たないからこそ、島から島へとは移動できない。

「しかもその翼は純白だったと」

ケルがシスを見据えてくる。ケルがわざわざ二人のいる前で報告してきた意味をシスは理解した。

翼を持つ妖獣。そして、イシュカと同じ翼の色。イシュカを襲撃した犯人と何か関係あるのではないかとトリティだけではなくシスにも知らせる意図だ。トリティも同じことを考えたのか、眉間に皺を刻んでケルを睨み据えている。

「……イシュカ様、少し出てきます。そのまま妖獣退治に向かうかもしれません」

自分もと言いそうになってシスは奥歯を噛み締めた。これまでにない妖獣だ。何か特別な力を持っているかもしれない。でも、付いていったところでただの足手まといだ。それどころか、自力で飛んでいくこともできない。せめて安心させなければと、笑みを浮かべた。

トリティがぎゅっと目を閉じて、息を吐き出した。シスを抱き寄せ、頬に口付ける。

「先ほど私はケルに対して、何故イシュカ様の前でこの話をしたのだと内心憤りました」

　やはりシスと同じような疑問をトリティも抱いたらしい。

「あなたを動揺させるから、知らせずにおきたかったと」

　トリティは自分が情けないと零した。

「でも、知らないところで解決したらあなたはもっと傷付くのでしょうね。悔しいけれど、ケルはあなたの性格をよく知っている」

　シスは驚いてケルを振り向いた。ケルは僅かに目を伏せ、部屋から出ていった。

　そういえば、昔も、ケルはよく先回りしてくれていたように思う。威圧感を苦手にしていたが、嫌われていたわけではない。この上なく優秀で、頼れる護衛官だった。

「心配しないで下さい。私はあなたたよりも強いんです」

「わかっている。わかっているけど……」

　シスはトリティの胸に目線を落とし、何とか答える。ふと、トリティが笑った気配がした。

「リティ、どうして笑うんだ？」

　顔を上げると、トリティは目を細めた。

「昔と反対だなと思って」

「反対？」

「私がどれだけあなたのことを心配していたと思います？　あなたがお強いのは知っていた。でも私にはどうすることもできなくて。少しでも早く大人になってあなたの助けになろうと必死だったなと思い出して」

「リティ……」

「あの頃の私の気持ちをわかっていただけましたか？　私の翼王陛下」

トリティは優しい。わざと意地悪を言って、シスの心配を和らげようとしている。シスにはそれがわかったから何も言えなくなった。

「今はあなたの方が年下なのですから、私に頼って下さい」

「そうか……。そうだな」

本当に頼もしいとシスは頷いた。

「どうか無事で」

トリティの胸に縋り付き、それだけを訴える。

「もちろんです。でも餞《はなむけ》だけいただけますか？」

笑ったトリティが唇をなぞってくる。促されるように顔を上げ、優しい表情を作る唇に自分の唇を寄せる。祈りを込めて口付けた。

部屋は静かだ。向かいの寝椅子ではヤチカがチェナと身を寄せ合うように座って本を読んでいる。アルパカの子供と小さな翼の天上人の子供が並ぶ光景はとても愛らしい。でも、それもシスの不安を払ってはくれなかった。

トリティが出発して数刻。シスはイシュカの死の瞬間を何度も思い出す。

記憶の隅に引っかかるものがある。

自分を襲った妖獣は本当に蛇だったのだろうか。黒く細長いものを見た。だが、蛇なら武器は身体そのものか毒牙だ。身体で締め付けられても、毒牙で噛まれても、翼をもぎ取ることはできない。

シスは必死に思い出す。

視界には確かに黒くしなるものが見えた。それしか見えなかった。

視覚だけでは情報が足りない。もっと別のものが必要だ。

翼は確かにもぎ取られた。翼の先から引っ張られる感触がした。背中に食い込む尖った、何本もの、鋭い、感覚があった。あの感覚は、鉤爪《かぎづめ》ではないか。

蛇ではない。

蜥蜴《とかげ》?

いや、違う。あれは。

蝙蝠《こうもり》。

「っ」

椅子から立ち上がろうとした瞬間、シスの背中に激痛が走った。椅子が倒れ、大きな音が部屋に響く。

「シス様？」

音に気付いたヤチカが床に蹲《うずくま》ったシスに寄ってくる。

「どうされたんですか？」

返事をしなければと思うのに、痛い。痛くて熱い。背中に炎を背負わされたようだ。

「お医者様を、あ、でも、シス様のお顔を他人には見せるわけには」

ヤチカが右に左に狼狽える間に、痛みは少し治まってきた。

「ヤチカ、大丈夫だから。ケルを呼んでくれ」

やっと出せた声で、脂汗《あぶらあせ》をかきながら告げると、ヤチカは半分飛びながらケルを呼びに行ってくれた。シスは机に手をついて移動し、何とか寝椅子まで辿り着く。ヤチカに放り出されたチェナが首を伸ばし、丸い瞳でシスを見ていた。

「心配してくれるのか？　ありがとう」

喋っていた方が痛みが紛れる気がした。

「お前の瞳の色、リティと同じだ。綺麗な夜色だ」

褒めたのがわかったのか、チェナは嬉しそうに頭を揺らした。

「可愛いな、チェナは。でもリティはもっと可愛かった」

痛みは徐々に引いていくようだ。

「陛下！」

ヤチカが開けっ放しにしていた扉からケルが飛び込んできた。シスは苦笑する。

「ケル。私は陛下ではない」

ケルの滅多にない失態にシスは笑っていた。

「そんなことはどうでもいいのです。何があったのですか？　あなたは笑って大丈夫と言っているときほど、苦しいのを我慢している」

シスは目を瞬いた。トリティだけではなくケルにまで気付かれていたとは思っていなかった。

「背中が痛んだだけだ。もう痛みは治まった」

ケルが探るような視線を向けてくる。

「原因は？」

「過去のことを思い出したせいだと思う」

シスは思い付きで口にした。今は痛みよりも大事なことがある。

「過去？」

「そうだ。リティに知らせて欲しいことがある。思い出したんだ」

シスは一度瞼を閉じた。

「私を殺した妖獣は蛇じゃない。蝙蝠だ」

「蝙蝠ですって？　しかし、それは」

「そうだ。蝙蝠は地上界に生きていた獣人の一種だ。だが翼あるゆえに、天上人の仲間になろうとして、他の有翼人に拒まれ、飛膜の翼を奪われた」

翼のない蝙蝠。それはすなわち。

「悪魔だ」

蝙蝠は自分を拒んだ天上人を憎悪し、あらゆる手段で復讐しようと誓っているという。しかし、千年も前に絶滅したはずだ。

「悪魔……。今では妖獣と同列に語られることが多いが、実際は人食いの獣人なのでしたね」

蝙蝠が天上人に拒まれた理由はそこにある。天上人のうちにも血肉を求める残虐な種族はいたが、それは殺すことに快楽を見出すのであって、仲間を食いはしない。だが、蝙蝠はそうではなかった。地上界から天上界にやってきたのだって地上界を追われたからだ。

「寿命は我らと同じでせいぜい三百年……。千年間、密かに血を繋いで生き延びていたということか」

天上界で翼がない者が生きていくことは難しい。けれど、悪魔が現存するというのであれば、妖獣が頻繁に出現したことも説明がつく。天上人が風を操るように悪魔は不思議な力で妖獣を操ることができるからだ。異界から呼び寄せることも可能だろう。

「しかし白い翼とは」

「それは私にもわからない」

だが、イシュカと無関係ではないだろう。白い翼はイシュカしか持っていない。悪魔はイシュカを殺し、何らかの方法でその翼を奪ったのだ。

「ケル、頼む。このことをリティに伝えに行ってくれ。そしてお前もリティの助けを」

相手が妖獣ではなく悪魔では、勝手が違う。

「私にはあなたを守る義務があります」

ケルは即座に反対した。

「お前は今は私の護衛官ではない。リティの護衛官だ」

ケルの表情が強張る。シスは小さく笑う。初めてケルを言い負かせた気がした。

「それにお前だから頼んでいる。お前ほど、信頼できる武官はいない」

「……っ」

「頼む」

シスの懇願に、ケルは天を仰いだ。

「翼王陛下に何かあれば、あなたは自分に何かあるよりも傷付くのでしょうね」

「我が儘ですまない」

「いいえ。むしろもう少し我が儘に生きていただきたいと思っていたくらいです」

「ケル」

ケルは緊張を解き、和らいだ表情になった。シスが今世でも前世でも見たことがない顔だ。

「茶番をお許しいただけますか?」

「茶番?」

「翼王陛下として、私に命じて下さい」

シスが驚いているうちに、ケルはシスの足元に跪いた。

「……ケル。トリティのもとに飛んでくれ。私の代わりに、トリティを頼む」

「翼王陛下の御心のままに」

ケルがシスの服の裾を取り、唇を寄せる。

「あなたの命を守ることはできませんでしたが、せめてあなたのお心だけは守らせていただきます」

そう告げて見上げてきたのも、シスの記憶にはない、晴れやかな表情だった。

「行って参ります」

ケルが部屋から出ていった直後、シスは寝椅子の上でずるずると身体を落とした。

「フェーン」

チェナが顔を覗き込んでくる。

「背中が痛いんだ」

ケルと話をしながら痛みはまたぶり返してきた。気を抜くと、意識が飛びそうだった。

先ほどは喋っていた方が気が紛れたように思えたが、一音を発するのさえ辛くなっている。

「シス様！　奥殿の専任のお医者様がご不在で、代理の方を連れてきましたから！」

遠くでヤチカの声がした。どこからか、いつか嗅いだ甘い匂いが漂ってくる。

「ああ、シス様！」

意識が暗闇に落ちた。

＊＊＊

「やっと起きたか」

目覚めた直後に聞こえてきたのは耳障りな声だった。

「オリエラ大臣？」

記憶を頼りに声の主を呼ぶ。開いた目の焦点が合ってきて、シスは自分の状況を理解した。

暗い場所に横向きに寝かされていたようだ。建物の内部か。両腕が背後で縛られている。

「目を開けるとますますそっくりだ。いや、本人だからその言い方はおかしいかな」

攫《さら》われたのだとはすぐにわかった。確かに、魂は本人だけれど、奇妙な言い回しだ。オリエラが確信を持っているのも気になったが、先に現状を把握すべきだとシスは判じた。

「ここはどこだ？」

「妹の離宮よ。もっとも、今は無人だがな」

トリティが幼少時代に暮らしていた場所だ。トリティの母親は息子が成人したあと、東の大島の離宮に移り、こちらはオリエラが管理していたはずだ。

意識を失う前の記憶を呼び戻し、シスは理解する。

「代理の医者とやらが、お前の手下だったか」

人を一人抱えて遠くまで連れ出すのは無理だったのだろう。

「さすがは聡明な翼王陛下。その通りですよ」

オリエラは慇懃《いんぎん》無礼《ぶれい》な嫌みを交え、あっさりと肯定した。

「ヤチカは？」

「ヤチカ？　ああ、世話係の子供か。痺れ薬を嗅がせたと聞いている。殺してしまえばいいのに臆病者《おくびょうもの》めが」

シスは少しだけ安堵できた。微かに記憶に残っている甘い匂い。あれは地上界の祭壇で嗅いだものと同じだった。あれなら命の危険はないはずだ。

「しかし苦労しましたよ、段取りを整え、機会を作るのは。さすがに私でも奥殿には入れませんからな」

「機会を作る？　まさか白い翼の妖獣は」

「ええ、あれはあなたからトリティ陛下を引き離すための囮《おとり》です。忌々しい護衛官まで出ていってくれたのは嬉しい誤算でしたが」

オリエラは悪魔と繋がっているのか。

「何故、こんなことを？」

「トリティ陛下が私の言うことを聞いてくれないから悪いのだ」

オリエラの顔はどす黒かった。目もどこかうつろで、灰黒の翼に至ってはずっとバサバサと忙しない。その翼も色艶が悪く、ところどころ地肌が剥き出しになっていた。

「そもそも全てお前が悪いのだ。私の可愛い甥を誘惑したお前が！」

オリエラは怒声を上げる。獣の咆哮《ほうこう》と言っても過言ではなかった。

「私は誘惑なんてしていない！」

「いいや、した。お前のせいで陛下は私の言うことを聞いて下さらなくなっていった。お前を排除してなお！」

「もしかして蝙蝠か？　あれは、お前が？」

「何だ、気付いていたのか」

蝙蝠と口にすると、オリエラは目を細めた。

「あの島にお前の地上人の母親の墓があることは知っていたからな。いつか墓参りに行くと思っていたのだ。まさか六年もかかるとは思っていなかったが」

「あれは悪魔だぞ。知っているのか？」

「知っているさ。私は悪魔と取引をしたのだ。健気とは思わないか？　悪魔は何年もあの何もない小さな島に潜んで、来る日も来る日もお前を待っていたのだ」

オリエラは悪びれもしない。

「私をどうする気だ？」

「悪魔が教えてくれたぞ。お前の翼の力は喰らうことで引き継がれる」

「喰らう？」

「お前の片翼は悪魔が喰らってしまった。だが、もう片方はお前の身に残されている。私はそれを喰らって、自ら翼王になるのだ」

シスはオリエラの言うことが一切理解できない。

「何を言っている？　この身は地上人だ。私はイシュカの生まれ変わりだが、力ある翼はこの身にはない」

「生まれ変わり？　お前こそ何を言っている。ああ、まさか知らなかったのか？」

「何を？」

わからないと空色の瞳を揺らすシスにオリエラが嘲笑を浴びせかけた。

「生け贄に色の淡い地上人が選ばれる理由だ」

「それは、珍しいからで」

地上界ではそう聞かされてきた。淡い色の人間は天上界にはおらず地上界でも珍しいから供物に相応しいのだと。

「やはり知らないのか。まあ私も知らなかったんだがな。悪魔が教えてくれた。悪魔は細々と生き残り、古の知識をずっと引き継いできたらしい。あの生命力と執念は見事というしかない。もっとも、私が最後の一匹を見付けてやらねばせっかくの知識とともに滅びていただろうがな」

オリエラはもったいぶり、ようやく続きを口にした。

「淡い色の地上人は天上人の血を引いている」

「どういうことだ？」

「遥か昔にお前のような白い翼を持つ者が、降りたのだよ。天上人でありながら下賤な地上界に。そして地上人と交わった。地上人はその子孫を生け贄として献上してきているのだ」

シスの知らない歴史だった。

「何故、そんなことに」

「悪魔の先祖の仕業らしい。奴らは白い翼の力を欲して、そう仕向けたのだ」

「白い翼の力とは何だ？」

自分のことなのに何も知らないのかと、オリエラはシスをにやにやと見下ろした。

「我らは風の源を操り、空を飛び、雷を起こすが、白い翼にはもう一つ、自らの身体の源を操る力がある。例えば、命が危ぶまれるような危機に瀕したとき、身体を再構築して怪我を治すのだ」

「再構築……？」

その単語を繰り返した瞬間、シスの頭の中で自分自身に抱いていた疑問を解決する仮説が生まれた。

「まさか」

その事実はシスの根幹を揺るがす。

「まさか！　私は、生まれ変わりのはずだ！」

「それこそ世迷言《よまいごと》だな。翼王が記憶もそのままに地上人に生まれ変わったなど、片腹痛い」

生まれ変わりだと信じてきた。それしか自分の中の記憶を説明する方法がなかったからだ。

だが、生まれ変わりは記憶を引き継がない。生まれ変わりには百年の時がかかると言われている。生まれ変わりなのに、容姿は何一つ変わっていない。

「私は、イシュカ、なのか？」

心だけではなく、身体までも。イシュカの命は終わらずに、続いていたというのか。

「そう言っているだろう」

オリエラはケタケタと笑う。

「地上人の中では薄くなってしまった力だが、翼王の血と混ざって、お前には発現したらしい」

「どうしてそんなことがわかる」

「悪魔が見ていたそうだ。お前の残った片翼が身体の中に溶けるように消え、お前が赤子になっていく様をな。赤子まで戻るしか、負った怪我をなかったことにはできなかったのだろう。

そのまま雲海に落ちてしまったから生きてはいないと思っていたのに、まさか地上界に落ちていたとは」

何よりの証拠だった。

「私の、もがれた翼は……」

「悪魔が喰いおった。奴らは翼を奪われたときからずっと再び翼を取り戻す機会を狙っていたのだ。それゆえに、生け贄を迎えに行く天上人を唆《そそのか》し、淡い色の地上人が生け贄にされるように仕組んだ。お前のような白い翼の力を持つ者が現れる日を望んでな。最後の悪魔は数千年の悲願を叶え、見事に翼を再生させたというわけだ」

「そんな」

地上人も、天上人も、悪魔の奸計《かんけい》に乗せられてきたというのか。

「さて、そういうわけで、私がお前の翼を喰らえば、その翼が私の中で再構築され、私は大きな翼を得られるのだ」

「どうしてそこまでして翼王になりたがる」

「生け贄の儀式よ」

何故そこでその話が出てくるのか。しかし、確かにオリエラは昔から異常なほど儀式にこだわっていた。

「生け贄の儀式の始まりは、残酷な種族の魂を宥めるためだったのはお前も知っているだろう？」

　シスは頷いた。イシュカがオリエラに語ったことがある。

「その種族は消えたのではない。他の種族に混ざり合ったのだ。私はどうやらその血が濃く出たようでな」

　シスは呆然とする。

「私自身も知らなかった。だが、幼い頃に生け贄が八つ裂きにされるところを見て以来、同じものが見たくてたまらなくて狂ってしまいそうだった。そんな自分がおかしいと思ったこともあったが、悪魔が教えてくれたのだ。それはこの身に流れる血のためで何らおかしいところはないと。だから私は自身の欲望に忠実になることにしたのだ」

　オリエラの目は血走っている。

「悪魔に妖獣を呼び寄せさせ、穏やかな世をなどというお前に力を使わせて衰弱させ、死期を早めさせることにした。その裏で悪魔はお前の翼のことを私に知らせずに勝手に狙っていたようだがな。まったく、あの下種《げす》めが」

「私を衰弱させるためだけに、妖獣を呼び寄せていたというのか？　何ということを……」

「それは私の台詞だ」

　呆然とするシスに、オリエラが反応する。

「生け贄の儀式を行っていれば、この残虐性は抑えられていたかもしれぬ。だが、お前とその父親は拒否した。そのうえ、トリティ陛下までも」

「今も、妖獣を呼び寄せているのは、まさか」

「トリティ陛下が駄目なら次をと思ったまでよ。今も悪魔には殺せと伝えてある」

トリティが、どうか無事であるように祈らずにはいられなかった。

「私は血を欲しているのだ。そこにお前が現れた。こうなれば私自身が翼王になり、私の好きなだけ殺してやる。地上人も、天上人も！」

オリエラは天上界に争いでも持ち込もうとしているのか。

「そんなことは許されない。お前は悪魔に唆されているだけだ」

「馬鹿を言うな。あれは私の手下だ」

オリエラは取り合わない。表情が狂気に染まっている。

「さあ、翼を寄越せ」

シスは頭を振った。寄越せと言われたって、シスには翼はない。

「来るな」

シスは両腕を縛られたまま後退った。

「もったいぶりおって。翼は身体の中か？　引き裂いてやればいいか？」

オリエラが近付いてくる。腰から抜いた剣が不気味に光を反射する。逃げようと思っても逃げられない。

シスは無意識に背中に力を込めた。

「ああああああっ」

その途端、忘れかけていた焼けるような痛みが走った。悲鳴を迸らせた直後、覚えのある感覚がして、ばさりと音がする。

「な、に……」

シスは熱い背中に意識を向けた。羽根が擦れ合う音がする。

「はあ、はあっ、はあっ」

痛みは徐々に治まっていく。

おそるおそる背後を見ると、純白のものが視界いっぱいに広がった。自分の背中から翼が生えていた。

「これは何とまあ都合よく生えてきたものだ。しかも両翼とも再生されているではないか」

シスはこの危険な状況下にも関わらず一瞬思考が止まってしまった。

「私の、翼……」

あの焼けるような痛みは、翼が生える兆候だったのか。

生まれ変わったのだと思っていた。でも、翼が生えたということは、この身体は地上人のものではない。オリエラの言ったことは真実だった。

「まるで神々が私に味方しているようではないか。さあ、その翼を寄越せ」

「来るな！」

シスは翼を大きく広げた。風が起きる。部屋を突風が吹き荒れた。だが、頑丈な部屋はびくともしない。両腕で風から顔を守ったオリエラが自身の力で風を押し返す。

「あっ」

シスは壁に叩きつけられた。戻った力が弱いのか、十八年ぶりで上手く扱えていないのか。いずれにしても力ではオリエラに勝てないらしい。翼から抜けた白い羽根が部屋の中をふわふわと漂う。

絶体絶命の状況だ。しかし、シスは諦めようとは思わなかった。イシュカとして死んだと思ったあの日は、すぐに諦めたように思う。でも今は……。

「リティと約束した。今世では許される限り、一緒にいようと」

だからと、シスは顔を上げ、オリエラを睨み据える。

「この翼はお前には渡さない！」

決意を持って宣言する。

シスは両腕を縛る紐を雷で打った。火傷覚悟だったが、上手く焼き切れてくれた。自由になった手で、目の前に転がっていたオリエラの剣を拾う。構える。懐かしい感覚だった。

「この！」

オリエラはシスの身体を八つ裂きにするためだろう、部屋に準備していた道具から鉈《なた》を取り出し、向かってきた。シスは剣でそれを止める。何度こうして、妖獣の鉤爪を、牙《きば》を、受けただろう。

「血肉を欲するというなら、妖獣を相手にすればよかった」

イシュカはその義務からいつも逃げ出したくてたまらなかった。

「は！　知能の劣った妖獣を殺しても面白くないわ。人間の断末魔の叫びでのみこの飢えは癒やされる！」

オリエラの起こした風の勢いがますます強まり、部屋の中が風で渦巻くような状態になる。

（また叩きつけられる！）

シスは反射的に両腕で風から自分を庇った。だが、衝撃はこなかった。シスは逞しい身体に抱き締められ、守られていた。黒い翼が見える。いつしか嗅ぎ慣れた匂いに包まれる。

「リティ……？」

現れたトリティは二人分の豪風の吹き荒れる中でシスを腕に抱いて守る。その力強さと体温に、シスは必死で涙をこらえた。無事だったのだ。

「ひっ、翼王陛下！」

風が収まり、シスを抱いたトリティの姿を目にしたオリエラが悲鳴を上げる。

トリティの黒髪は乱れ、衣服もぼろぼろだ。酷い怪我はなさそうで安堵する。

「な、何故、ここへ……！」

「悪魔に案内させた」

トリティの視線の先で、部屋に転がされてきたものがいた。腰や関節が異常に曲がった黒く小さい身体。その身体に純白の翼は異様だった。本来皮膜の翼のあるべき骨格は剥き出しだ。尾翼もないため、黒く長い尾がしなっている。甲高い声で言葉を喋っていなければ、妖獣と思ったに違いない。悪魔の身体は満身創痍《まんしんそうい》だった。

「この悪魔め、何故戻ってきた！」

これが悪魔。シスは愕然とした。イシュカを襲撃して片翼を奪った伝説の悪魔は、醜悪で、そして、矮小《わいしょう》な存在だった。

「助けて下さい。俺じゃあ勝てない」

「貴様、翼王の片翼まで喰らっておきながら、負けたのか！」

悪魔は縛られた身体でオリエラの脚に這い寄ろうとした。しかし、オリエラが脚を振り払い、悪魔は耳障りな悲鳴を上げながら地面に転がった。

「オリエラ様ぁ、助けて下さい。俺にはあんたしかいないんだ」

悪魔は泣いているようだった。

「お願いだ。助けて。俺に手を差し伸べてくれたのはあんただ。俺はあんたのために、あんな小さな島で六年も隠れて暮らして、あんたに命じられる通り、妖獣も呼び寄せ続けた」

「うるさい！　お前の役目は終わったんだ！」

オリエラは叫んだ。生じた雷が悪魔を撃つ。

ぎゃあああと、悲鳴を上げながら、悪魔は床をのたうち回った。

「何てことを」

確かに悪魔は敵だが、一方的に嬲っていいわけがない。

「伯父上。もうやめるんだ」

「何故だ。いくら翼王でも、白い翼を得た悪魔に何故勝てる」

オリエラの血走った目がトリティへ向く。

「悪魔との戦い方というものがあるのですよ」

答えたのは、続いて部屋に入ってきたケルだ。彼が悪魔を連れてきたらしい。

「たまたま古い文献を読み漁っていたときに、その方法を知りました。悪魔は目が悪く、鼻の辺りから出す特殊な音で位置や物を把握している。妖獣もその方法で呼ぶ。だから風でそれを封じたんですよ」

「ケルが悪魔の力を封じ、私が攻撃した。二人がかりでなければ無理な方法だった」

トリティが付け加える。ケルを向かわせたのは無駄ではなかった。シスの眦が熱を帯びる。

「伯父上。あなたには世話になった。だが、私のイシュカ様を傷付けた者に容赦はしない」

「う、うるさい、うるさい、うるさい！　その翼さえ手に入れれば」

激昂《げっこう》したオリエラが剣を振り上げてシスに向かってくる。

しかし、オリエラの望みは叶わなかった。

トリティとケルがそれぞれオリエラの首に剣を突きつけ、正面でシスが翼を広げて雷を撃とうと構えた。前翼王と現翼王、そしてその護衛官。三人を相手に、年老いた天上人が勝てるわけがなかった。


「伯父上、いや、オリエラは王城の地下牢に厳重に幽閉を。悪魔は監獄島へ……」

「待ってくれ」

やっと追いかけてきた武官達にトリティはきびきびと指示をする。それをシス……イシュカは止め、悪魔のもとに近付いた。

悪魔は辛うじて生きているようだ。雷で焼け焦げた肌が痛々しい。イシュカはその場に跪いた。悪魔が目線だけ動かしてこちらを見てくる。

「お前も苦しんできたのだな」

悪魔とは、絶対の敵だと思っていた。伝説にしかいない存在で、悪いものだと信じて疑ったこともない。けれど実際には、こんなにも憐れな存在だった。

「お前らが、俺達の翼を奪った！」

悪魔は弱々しい声で悪態を吐く。

「すまない」

イシュカは謝罪した。人を喰らう悪魔との共存は難しかったのかもしれない。だが、同じ人間だからと地上人を天上人と平等に扱おうとしたイシュカには謝ることしかできなかった。悪魔は微かに目を見開き、絶命した。

「あ……」

「イシュカ様」

トリティが抱き寄せてくれる。あなたは悪くないと、肩をさすって慰めてくれる。

「ケル。護送は任せた」

トリティの言葉にケルは頷いて、イシュカの方にやってくる。

「ご無事で何よりです」

イシュカは涙を拭き、頷いた。

「ああ。苦労をかけた」

一言でケルは満足したらしい。トリティの命令を遂行するためにイシュカのもとを離れた。

「イシュカ様」

入れ替わりに指示を出し終えたトリティが近付いてきて、手を取ってくる。手首に縄の痕があるのを労るようになぞられて、そんな場合ではないのに、ぞくりとした感覚が走った。

「話は悪魔に聞きました。あなたは私のイシュカ様だったのですね」

トリティは感無量という表情をしている。

「そうみたいだ」

背中を意識すると、ちゃんと翼が動く。

「私の翼だ」

改めて自分はイシュカなのだと理解する。イシュカは前世ではなく、シスが仮の姿ということになるのか。まだ少し混乱している。

「ええ」

「身体は、少し、若返ってしまったけれど」

よく考えてみれば、今の外見年齢は、イシュカの翼が成長した頃だ。身体が十分に成長したから、翼が生えてきたのかもしれない。

「ええ。私が恋していた頃のあなたです。とても魅力的だ」

何度も聞かされた言葉を改めて言われて、イシュカは小さく嗚咽を零してしまった。

「これから年を重ねていくあなたを全部愛せるなんて、こんな幸せなことはない」

トリティはうっとりと微笑んだ。イシュカもつられて笑う。でも、辛いわけではない。眦から熱いものが零れた。嬉し涙だ。

「ただいま、リティ」

「お帰りなさい。イシュカ様」

もたらされたのは熱い抱擁だった。抱き寄せられて素直に身体を委ねられた。黒い翼が二人を包み込むように広がる。翼の陰で唇を寄せられた。涙の味がして、でもそれすら愛おしい。

「さて、ではひとまず王城に戻りましょう。飛べますね？」

何度も口付け合って、二人ともがやっと満足すると、トリティは翼を畳んで促してくる。イシュカは頷いた。

「でも、私が飛んで帰ったら、城の者は驚くのでは？」

既に武官達には見られている。彼らは面と向かって口にはしなかったが、イシュカの存在にとても驚いていた。

「構いません。それとも、飛べるのに奥殿から一生出ない気ですか？」

「それは……」

空を飛ぶのは好きだった。再び翼を得たのに、永遠に飛ばないという選択肢をイシュカは選べそうにない。

「どうせ外に出てみられるなら早い方がいいに決まっています。今日はよい風が吹いていますよ。翼を試してみるのにはうってつけの日だ」

「わかった」

風に受けて空を飛ぶ。その感覚の記憶に誘われて、イシュカは頷いた。

翼を広げ、何度かはためかせる。十八年ぶりなのに、自在に動かせた。いっぱいに広げると、風を受けて心地よい。

「落ちたら掴まえてあげますから」

先に飛び上がったトリティが目の前で両腕を広げてくれる。

「まるで子供の飛行訓練だな。私の方が年上なのに」

「外見は私の方が上です。ですから恥ずかしがらずに、さあ」

イシュカはひと笑いして、ごくりと喉を鳴らし、思い切って飛び場から飛び降りた。羽ばたかなければと、思ったときにはもう翼が動いていた。逆に動いたことを気にしたせいで変な動かし方をしてしまい、一瞬、墜落する。

「大丈夫ですか？」

それをトリティが危うげなく掴まえてくれた。

「ああ」

腕を取られて、その力強さに安堵した。身体から余計な力が抜けて、ふわりと浮いてくる。そのままその場をくるりと回った。ラピスラズリの空が下になり、上になる。ひと羽ばたきしてぐんと上空に昇ってみる。雲海の白の上に、青空が広がっている。世界は美しかった。

「すっかり勘を取り戻したようですね。少し残念です」

トリティがすぐに追いかけてくる。

残念とはどういう意味だと聞き返すと、トリティは至極真面目な表情で頷いた。

「ええ。上手く飛べなければ私が抱いてお連れできたのだなと気付いて」

「それは私も残念だ」

イシュカは軽やかに告げて、トリティが何かを言う前に風を操り空を翔けた。

小さく見えていた王城がぐんぐんと近付いてくる。

王城のあちこちにある飛び場に、城の者達がわらわらと出てきて空を見上げた。皆、驚いて、そして、喜んでいるように見えた。

「あ、ヤチカ」

奥殿の前の飛び場で、黄色い斑模様の翼のヤチカが手を振っている。無事だったと安堵していると、ヤチカが飛び上がった。

純白の翼に驚いているようだ。ヤチカの叫び声が契機になった。

城の者達がイシュカを認めて次々とその場に平伏を始めた。正体を隠すどころの話ではない。

「翼王陛下のご帰還ですね」

追い付いてきたトリティがそんな風に言う。

ああ、帰ってきたのだと、イシュカはまたひと筋の涙を零した。

「ファフ。ほら、お前の子だぞ」

すっかり肢の治ったチェナを地面に置くと、まず群れから白いアルパカが出てきて、チェナをふんふんと確認する。チェナはひと目で自分の母親がわかったらしく、自分と同じ白い毛並みに顔を擦り付けに行った。

「その白いのがファフの伴侶か？」

ファフはその光景を見てから、イシュカに近付いてきて、チェナとまったく同じ仕草でふんふんと匂いを嗅いできた。その末に、何だか納得した顔付きで「フェーン」と長い声で鳴いた。

「もしかして、お帰りって言ってくれてるのかな？　ただいま、ファフ」

イシュカはファフの毛並みを思う存分撫でてから、ファフ達に別れを告げた。

「待たせたな」

東屋ではトリティが首を長くして待っていた。

「本当にいいのですね？」

もう何度目の確認だろう。イシュカは椅子に座り、目を閉じた。

「いいと言っている。早くしてくれ」

ごくりと喉の鳴る音がした。少しして、左耳に温かい指が触れ、ちくんとした気がする。

「んっ」

僅かに痛んだ気がしたが、それよりじんじんする感覚の方が強い。次に右耳も同じように。

「もう大丈夫か？」

「はい」

確認の返事があったのでイシュカは目を開けた。

目の前にトリティの顔があって、その表情は感動に打ち震えているように見えた。

「ちゃんとできたか？」

耳朶に触れると、今までなかったものがぶら下がっている。自分からはちらりとしか見えないが、黒い羽根だ。

「ええ。あなたの耳に私の羽根が」

手を離すと、野原を吹き抜ける穏やかな風が耳飾りを揺らしていった。

花の季節は終わって、一面緑の園だ。遠くでアルパカ達が草を食んでいる。ファフとその伴侶らしい白いアルパカの足元では、チェナが楽しそうに跳ね回っている。

トリティが隣に腰掛けてきて、腰を引き寄せてきた。その耳に、白い羽根の耳飾りが揺れている。羽根ならたっぷりあるからと説得し、新しく作り直させたのだ。職人も次こそはと色の付かない樹脂を研究して、ずっと声がかかるのを待っていたらしい。

「イシュカ様」

「イシュカでいいと言っている」

これも何度目だろう。イシュカはくすくす笑った。トリティは笑ってイシュカの足元に跪く。

いつかのように。

「立場は変わりましたが、あなたが私にとって一番大切なことは変わりません。私はあなたの幸せを常に一番に願っています」

トリティはイシュカの服の裾を掴み、そこに唇を寄せた。

「よくお戻り下さいました、私の翼王陛下」

せっかく感動していたのに、イシュカは呆れた。

「リティ。そちらも翼王陛下だろう」

「私にとっての翼王陛下はあなただけですよ」

立ち上がったトリティがイシュカの手を取り、甲に口付けた。苦笑しながらもイシュカの胸に熱いものが生まれる。

あのあとすぐに、国務の大半を担っていたオリエラが謀反の罪で幽閉され、その子飼いとも言うべき大臣達も次々と不正が発覚して失脚し、天上界を動かす人材が不足するという事態に陥った。

そこでトリティは、イシュカを翼王として復位させ、自分が退位して、国務を補佐すると言いだした。イシュカの帰還は知れ渡ってしまっていて、どちらにしても隠したままにはできないから、と。そこに至って、イシュカは、離宮から王城へ自分で飛んで帰させたのは、そこまで考えてのことだったのだと気付いた。とんだ策士だ。

前翼王の復位に一番反対したのはイシュカ自身だ。だが、トリティも、そもそも前翼王が亡くなっていなかったのに即位した自分が偽の翼王なのだと譲らなかった。何日も二人で話し合い、最終的に、二人の翼王を同時に立たせるという、予想もしない結論で終決した。

また重責を背負うのは嫌だとも吐露した。でもトリティが、今度は二人だから大丈夫だと言ってくれた。それで決意したようなものだ。自分だってトリティと同じ墓に葬られたい。

「私達の目指す道は同じです。二人とも翼王と名乗るけれど、私達は伴侶であり、二人で一対です。何も問題はありません。そして、亡くなったあとは王墓で互いの隣に葬られましょう。どうか永遠に共に」

医者が見立てたところによると、イシュカの肉体の成長は、次第にゆっくりになり始めているらしい。翼を失ったのが逆に幸いしたのではないかとも言っていた。一度翼が身体に混ざり、身体と翼の均衡が取れた可能性があると。今後、力を使い過ぎさえしなければ、あと百年以上生きられるかもしれないと、幼い頃から世話になっている老爺の医者は泣いていた。イシュカが気付けなかっただけで周囲に心配してくれる人はトリティとケル以外にもいたらしい。

「力仕事は全部私がやります。あなたは、政務で采配《さいはい》を揮《ふる》って下さい」

と、トリティは言う。分担がおかしいのではないのかと言うと、自分は何人もの補佐官を付けてやっていたことをあなたは一人でこなしていたのだと自覚して下さいと諭された。

「百年もあれば、次の翼王候補も天上界を任せられるくらい成長するでしょう」

後継問題もないからと、トリティはイシュカと正式に伴侶になることも決めてしまった。本当は、他にも色んな問題があるように思えるのだけれど、イシュカは断らなかった。

「驚かれるだろうな。私が人々の前に現れたら」

人々、とは天上界の人々ではなく、地上界の人々のことだ。二人はこれから地上界に行く。改めて、供物はもう必要ないと告げに行くのだ。

「ミクト様なんか、私に翼が生えているのを見たら、腰を抜かすかもしれない」

「いい気味です」

トリティはそう言うけれど、改めて帝国を庇護すると約束してくれた。酷い去り方になってしまったけれど、イシュカにとってシスとしての故郷でもあるし、親しい人達もいるからだ。

「ティカも驚くだろうな。いや、先に泣くかな」

泣き虫な親友を思い出し、イシュカはくすくす笑う。

「地上界に帰りたくなったのではありませんか？」

トリティが心配そうに言う。イシュカは数度瞬いたあと、首を振った。

「地上界にはリティがいない」

トリティが嬉しそうに顔を寄せてくる。イシュカは瞼を閉じてそれを待った。柔らかく温かな唇が触れ合うと、それだけで満たされる気がする。

「んっ」

でも唇の合間に舌を差し込まれ、翼の根元をくすぐられて、イシュカは厚い身体を腕で押した。トリティを恨みがましく見上げる。

「それは駄目だ」

「どうしてですか？」

「だって……」

したくなるから。と、言えずにむっと唇を尖らせる。トリティは微笑んだ。

「毎日でもしたくなるのは若いときには仕方ないことです」

気付かれてしまったらしい。背中を探る手付きがいよいよいやらしくなってくる。イシュカはばさりと翼を動かして、悪戯《いたずら》な手を振り払った。

「都合のいいときだけ年下扱いをするな」

イシュカは耐えきれないというように笑いだしたトリティに呆れ、立ち上がった。雲海から吹いてくる風を全身に浴びる。金色の髪が、風になびく。耳飾りが揺れる。

「今この場所は、楽園のようだな」

この島には、責任も何もない。両親に見守られ、ファフ達と戯《たわむ》れて、穏やかな風に吹かれてゆるやかに過ごすことができる。

「ここに、家を建てますか？」

トリティがぽつりと漏らした。

「家？」

「はい。翼王候補が成人したら、さっさと譲位して、二人でここに移り住むのです。今世で、楽園暮らしをしましょう」

「そうか」

イシュカはラピスラズリを溶かしたような空を見上げて笑った。

「楽園は、ここにあったのか」

おわり

あとがき

本作をお手に取っていただいてありがとうございます。

この作品は一言で表現するなら、年上受けが年下に甘えられるようになるお話、かなと思います。最終的にお互い唯一甘えられるし、甘やかしたい二人なんじゃないかと。いろいろややこしいお話で、プロット段階で書くの大変そうだなと思っていたのですが、案の定、大変でした。でも好きを詰め込んだお話なので、大変だけれどとても楽しかったです。出発地点がアステカのケツァルコアトルだったので中南米繋がりで唐突にアルパカも投入してみました。制作を頑張った分、楽しんでいただけていると嬉しいです。

そんなお話を丁寧にバックアップして下さった担当様、ありがとうございます。途中、攻めが受けを好き過ぎてプロット通りにいかなくて、と言ったら、プロットでも十分好き過ぎたのにと仰って下さったのが印象的でした。このお話はそんなに溺愛だったのですね、笑。

イラストは高星麻子《たかぼしあさこ》先生にそれはもう美麗な二人を描いていただきました。色遣いが素敵で。光り輝いている……！　と思いました。イメージもぴったりで本当にありがとうございます。

そして最後に改めてましての方にも、以前からお付き合いいただいている方にも深く感謝いたします。またお会いできますように。

２０１９年９月　水樹ミア

初出一覧

ダリア文庫をお買い上げいただきましてありがとうございます。
この本を読んでのご意見・ご感想・ファンレターをお待ちしております。

〒170-0013 東京都豊島区東池袋3-22-17　東池袋セントラルプレイス5F
(株)フロンティアワークス　ダリア編集部
感想係、または「水樹ミア先生」「高星麻子先生」係

この本のアンケートはコチラ!

http://www.fwinc.jp/daria/enq/
※アクセスの際にはパケット通信料が発生致します。

翼王の深愛 -楽園でまた君と-

2019年9月20日　第一刷発行

著者 水樹ミア

発行者 辻 政英

発行所 株式会社フロンティアワークス
〒170-0013 東京都豊島区東池袋3-22-17
東池袋セントラルプレイス5F
営業　TEL 03-5957-1030
編集　TEL 03-5957-1044
http://www.fwinc.jp/daria/

印刷所 中央精版印刷株式会社